The Philatelist 高雲章—— 著

集郵者

【各界名家推薦】

今年特推！

讀完高雲章先生的新作《集郵者》，讀後感是老詞一句：百般滋味，回味無窮。借用其中我最喜歡的壓軸之作〈今日特調〉，為我的推薦文命名「今年特推」。本書最大特色是故事精簡，但是透過洗練的書寫，畫面感十足。人物性格鮮明，個個躍然紙上。因為故事場景安排在國外，作者的筆鋒自然流露出濃郁的歐美風格。

首篇之作是正邪鬥智冷硬派的〈集郵者〉，一口氣讀完，宛如在海產店喝金門高粱，辛辣嗆喉，但是一口乾杯，過癮！其次是分別恰似桂花酸梅湯和金桔及檸檬汁的〈笛卡爾的情書〉和〈西是西，東是東〉，是兩篇極盡浪漫的愛情小故事。至於接下來的〈生命的牛糞和冰淇淋〉，讀完之後，好像喝了一盅香菇雞湯，精神百倍、活力十足，昂首闊步邁向前程。〈梨子、西瓜和封鎖港口的方法〉這篇燒腦佳作，說是一帖益氣聰明湯，亦不為過。

至於我最喜歡的壓軸之作〈今日特調〉，作者已經明示是杯特調咖啡。關於這一篇在本書的後記，作者表示受到三篇驚世之作的影響。這個情形和我一九九三年出版的《顫抖的拋物線》（第220頁）的陳述不謀而合，我也是受到那三篇驚世之作的影響。我很高興、也很榮幸在將近

20年的時空差距，能夠和作者有一個美麗的交會。

——葉桑（第三屆林佛兒推理小說獎首獎得主／台灣犯罪作家聯會成員）

故事中融入了大量的知識，看得出作者本身是個博學多聞的人，特別推薦給喜歡這種風格的讀者。

作為書名的〈集郵者〉佔了一半的篇幅，是正宗的冷硬派正邪對決的故事。雖然是系列作，但透過作者高超的描述手法，加上角色性格栩栩如生，即使從未看過該系列的讀者也能猶如觀看了一場極為精彩的電影般痛快。

不得不提的是，故事內的情節會讓人不禁思考很多問題，比如槍械管制、執行私刑是否正確等等。作者讓人佩服的地方，在於他僅是在故事中呈現出現實的表象，並沒有把自己的想法強加在內形成說教式的感覺，把答案交由讀者自行判斷。

在〈集郵者〉之後的作品，全部都是滿滿日常生活感的小故事。儘管如此，每個故事還是靠著一個懸念，讓人忍不住一直追看下去。即使沒有罪案，作者的功力依然能充分駕馭平日的「謎」，實在是令人佩服。

作為壓軸的〈今日特調〉，這篇驟眼看來就像你我每天都會遇上的故事，一直讀到最後一句——甚至在讀完後再思考過幾秒才意識到真相，那種感覺確實就像喝了一杯「特調」一樣。

相信這部短篇集能夠滿足不同類型的讀者，每個人應該都能從中找到自己喜歡的一篇，僅此向各位誠意推薦。

——軸見康介（第五居林佛兒推理小說獎決選入圍作家、台灣犯罪作家聯會成員）

準備好了嗎？《集郵者》將會用力敲打你的價值觀。

〈集郵者〉此作對於動作場景的安排既有趣又合理，滿足感官享受的同時也讓我們可以重新思考一直以來位於主流的價值觀，以及過度忽視另一族群時會造成怎樣的後果，追求社會公平的腳步，半刻都不能停下。

〈笛卡兒的情書〉此作出場人物性格鮮明、行為活靈活現又非常可愛，在欣賞計策設計的精妙時，所有人物的情感變化都值得玩味。在以為故事要結束時的精采反轉讓故事更加圓滿，而且還不只一次，本來以為總會有人留下遺憾，但結尾的溫馨讓人不禁揚起嘴角。

——金柏夫（第五居林佛兒獎決選入圍作家）

書中每個短篇都做了不同的嘗試，難以直接整合出一個一致性的風格。從紐約記者雙人搭檔的事蹟到台灣便利超商的每日日常，看似相差十萬八千里的時空背景，卻在在地化書寫的實現達成共識。

此外還形成了非典型的偵探搭檔模式，不再以一個偵探搭配一個助手來解決案件，而是兩個偵探互助合作相輔相成來成就彼此。並且以自身的優勢及資源來保護或協助社會弱勢者，透過關懷來促進社會和諧。

——白羅（粉絲專頁　白羅 at NDHU版主／台灣犯罪作家聯會成員）

目次

FRANK LLOYD WRIGHT
2c
U.S.POSTAGE
EGYPT
50 PT
We hold these Truths...
UNITED STATES
10c
I.P.Z.S. S.p.A. · ROMA

集郵者

「王大哥，今天有封奇怪的信，是寄給你們的。」

這天晚上走進『賣火柴的小女孩』，吧台後就傳來曉鏡的聲音。

「奇怪的信？」王萬里將風衣放在吧台。

「是張明信片，上面只寫了酒吧地址和你們兩個人的名字，」她拿出一張明信片，「背後也只貼了張郵票，其他什麼都沒寫。」

「郵票？」我站到王萬里身後，端詳郵票上怒放的熱帶花草，「該不會是——」

「『集郵者』，」王萬里翻過背面，「從郵票和郵戳，他現在應該在新加坡——士圖，我們有多久沒見過他了？」

「快一年多了。」

「這個『集郵者』是——？」

「託他的福，我現在才能在報社工作，」我接過曉鏡遞來的薑汁汽水，啜了一口。

✉　✉　✉

「除了英語、華語、廣東話，還懂法語、德語和西班牙語嗎……」

『前鋒新聞』的編輯尤金將履歷湊到眼前，口中唸唸有詞。

一年前，因為追捕行動中，誤傷和市政當局關係良好的商業大佬，我向服務五年多的市警局遞了辭呈。當時我把辭職當成工作多年後難得的小休，每天睡到中午，然後在帕欽坊安靜的小酒館邊看報紙，邊喝威士忌，混到晚上才回家。過了一個月左右。某個在警局坐辦公桌的朋友打電話來，提到前鋒新聞的市聞版需要攝影記者，問我要不要去碰碰運氣。

「以前在警局負責接待來賓，溝通上還不成問題。」

「有攝影和暗房操作的經驗嗎？」

「有，」我點點頭，「剛進警局時，負責現場蒐證的攝影工作。」

「你拍現場的時候，按快門的標準是什麼？」

「沒有標準啊，看到就拍。」

「沒有標準？」

「證據稍縱即逝，等你下定決心按快門時，東西早就不存在了。大部分鑑識人員都從下車到回車上，看到東西就拍，他們的說法是：『用相機掃射現場』。」

紙張後瞇起來的眼皮變成渾圓的鏡頭，掃過我臉上。

「抱歉，我是不是說錯了什麼？」

「不，你沒說錯什麼。我以前問過很多剛畢業的新聞系學生，他們通常搬出新聞寫作或攝影教科書現學現賣，說什麼主題、感動之類的。敢講『沒有標準，看到就拍』的，你是第一個。」

履歷表遮住編輯大半個臉，只露出光滑的禿頂。放在桌上的左手裹在布滿皺褶的襯衫袖管中，指頭不斷敲著鑼鼓點。

「在市警局待了幾年？」

「五年多幾個月。」

「我在越南也差不多這麼久。」

「您去過越南？」

「東方日報駐越南特派員，溪生陣地撤退時，坐最後一架直升機離開。」他放下履歷表，禿頂下有張和氣老者的圓臉，就像你常在鄉下或小攤檔看到的那種，「不過我只記得把五〇機槍扛上直升機，卻留下稿子、相機和全部底片。那年的普立茲獎就——」

他攤開手聳聳肩，我忍不住笑了出來。

「對不起。」我連忙止住笑。

「沒關係，看過我們的報紙嗎？」

「看過。」這一個月，我幾乎把過去五年份的報紙都讀過了。

「市聞版是報社的招牌，為了抓住各個行業的生活，我們很少找新聞系的畢業生，而是找做過其他工作的人，像醫生、股票經紀人、拳擊手——仔細想想，加個警察或許還不錯？」

「您的意思是——」

「換作其他報館，我會握住你的手向你道賀，叫你明天過來上班；在這裡還有最後一項測驗。」他拉開抽屜，拿出一只信封，「喜歡紐奧良嗎？」

「紐奧良？」

「理查·布萊特的謀殺案這禮拜在紐奧良審理，到那裡採訪當事人，寫篇報導回來，當做是你的試用測驗。」他靠在椅背，雙手交疊胸前，「信封裡有五百美元，是這段期間的差旅費。」

「理查·布萊特——」一個名字跳進腦中，「『紐奧良藍鬍子』？那傢伙不是上星期就被判死刑了嗎？」

「一個叫『教室與絞刑架』的人權團體以被告精神異常、刑求取供的理由申請上訴，他們還請到東岸最好的辯護律師。」他說：「更重要的，另一個法官也要求參加審判。」

「另一個法官？」

「昨天紐奧良的法庭和警方都收到一張沒有署名的明信片，背後只貼了張郵票，還有一句用筆和尺劃出來的話——」

「『你們或許能保住他的生命，但我將收回他的靈魂。』」我說完吸了口氣，「沒錯吧？」

「你知道這個人？」

「聯邦調查局叫他『集郵者』，」我說：「假如他真的在紐奧良，有很多警察會請他喝一杯。」

「他那麼受歡迎？」

「是啊，不過他們會掏出手銬，猶豫要不要把他銬起來。」我說：「畢竟這位仁兄，現在可是調查局列名在案的通緝犯。」

✉ ✉ ✉

「恭喜你找到新工作。」齊亞克拿起啤酒杯。

「謝謝，」我端起薑汁汽水。

「以後出了什麼岔子，還麻煩你手下留情。」

「拜託，你當上組長沒幾天，會不會想太多？」

市警局對面的快餐店，是警員祭五臟廟的地方。值班的會從貼上白色亮光板的吧台帶走紙袋裝的薯條、漢堡和可樂，跑回街對面或是等在路旁的巡邏車繼續工作；下班的可以坐在吧台或是硬梆梆的塑膠椅，望向拴在天花板上，播放新聞的電視機。

齊亞克和我是警校同學，畢業後我到北愛爾蘭受訓，他在緊鄰東河的支局開了一年的交通罰單，結訓回美國時，跟他在同一個支局升任刑警。搭檔兩年後我調回市警局，他跑到瑞士擔任防制洗錢專案的聯絡官，直到上個月才升任刑事組長。

「沒想到他們要你跑『集郵者』的案子，」他一口喝乾啤酒，用指節敲吧台要酒保續杯，「以前我讀到這傢伙的資料，都懷疑是否真的有這個人。畢竟從來沒人抓到他。」

那是當然的。

聯邦調查局當初網羅他，就是希望他成為隱藏在各種形式包裝的意外後，一個沒有名字和外貌的使者。

二次大戰結束後，調查局長胡佛為了消滅盟軍保護傘下逍遙法外的黑幫份子。授意調查局成立以意外為掩護，獵殺這些重犯的祕密行動小組，後來這個小組的目標擴大到受引渡條款及外交豁免權保護，無法在美國受審的重犯。調查局內以澳洲原住民族追殺死刑犯終生的執刑者為名，稱這個小組『卡代恰』。

『集郵者』漢尼拔．厄普代克，是『卡代恰』的成員之一。

這個綽號緣自當時調查局的訓練課程。為了減輕菜鳥在槍戰時，目睹對方在自己射出的子彈下血肉橫飛、腦袋開花的精神壓力，教官要求學員射擊時，將靶紙上那個人形想像成別的東西。

漢尼拔是同期學員中最好的射手，他當時的選擇，是郵票。

對他本人而言，郵票除了寄信和做為靶心，其實還有別的意義。

漢尼拔在加入調查局前已經結婚，和擔任醫師的妻子蘿拉育有一女。結訓前一週，某個灌飽琴酒和威士忌，到醫院找仇家算帳的大漢，用手上的鏈條和鐵鎚，打死了正在急診室值夜班的蘿拉。

因為被害者不僅是執法人員家屬，也是救死扶傷的急診醫師。審判時媒體和民眾都認為，法官量刑絕對會從重考量。但宣判時，凶手灌的那幾瓶老酒沒幫助他找對目標，卻把他拉出了電椅的懷抱。

陪審團和法官採信辯護律師的說法，認為被告行凶時心神喪失，無法約束自己的行為，加上人權團體在法庭前掛黑紗、點蠟燭，聲稱凶手是社會底層的勞動階級，要法官和陪審團『在世人面前，展現美國的仁慈、包容和善良』。最後法官判決被告殺害蘿拉和另一個護士付出的代價，是二十五年的有期徒刑，前十五年不得假釋。

漢尼拔對判決保持沉默，他有更重要的問題要擔心。得知分發到『卡代恰』後，他將四歲的女兒安德麗雅交給孀居的姐姐，獨自到任職地報到。

因為長年在各地出差，漢尼拔一年和女兒見不到幾次面，出差地各式各樣的郵票，成為父女兩人維繫感情和思念的橋樑。漢尼拔的姐姐還記得任務間的短暫假期，他總和安德麗雅並肩坐在客廳的舊沙發，翻閱她整理出來的集郵冊，猜測每張郵票的國家、印刷、戳記和圖案的意義。

這種相處短暫但親密的日子延續了十四年，直到安德麗雅高中畢業舞會那天。

漢尼拔當時人在歐洲，只在女兒出門前要她玩得開心點，他還在當地郵局買了剛發行的紀念郵票，準備給她一個驚喜。

這天晚上，漢尼拔的姐姐一直等不到安德麗雅，直到隔天早上，兩個開著工程車巡查線路的電話工人，發現路旁的灌木叢下露出一對小腿為止。

樹叢下的安德麗雅早已氣絕多時，漢尼拔姐姐細心挑選的鵝黃色長裙被撕成彩帶般的長條，纖長的手足上全是泥土和草刺，布滿在樹林間爬行的擦傷與刺痕，暗紅和紫黑色的瘀痕在失血蒼白的皮膚下張牙舞爪，展開猙獰的疆界。法醫推斷死者大約凌晨一點左右被勒殺，而且死前遭到性侵害。

警方根據附近加油站監視器和路旁住戶的證詞，逮捕了三名青少年，他們供稱原本守候在路口，準備勒索經過的情侶，發現車子拋錨的安德麗雅後，用車在林道追逐她將近五百公尺，直到對方力竭倒地，三人聯手將她拉進附近的樹叢性侵得逞，再用從長裙扯下的布條勒死她。

檢察官以謀殺罪名起訴三名少年並求處重刑，人權團體和教育學者霎時從報紙、電視等大眾媒體後現身，痛斥教育政策失當、州政府對少年犯嚴酷無情，社會對受壓迫底層冷漠殘忍。他們要求『社會和神聖的司法體系』『不要用嚴刑峻法壓迫三名可憐的弱勢族群成員，給他們一個機會』，『再一次讓世界瞭解美國的仁慈、包容和善良』。

調查局在每天例行通報中，通知漢尼拔女兒的噩耗。

漢尼拔的回答只有一句：「知道了。」

這也是他最後一次和調查局聯絡。

調查局發現漢尼拔數日沒有回報，派了探員拜訪他的姐姐，她告訴探員漢尼拔並沒有回家。他和安德麗雅的房間也沒有人停留居住的痕跡，仔細檢查後，探員發現找不到安德麗雅的集郵冊。

數日後，當地人權團體收到一張沒有署名的明信片，背後貼了張歐洲某國剛發行的紀念郵票，還有一句用尺描出來的話：『你們或許能保住他的生命，但我將收回他的靈魂』。

人權團體認為這不過是個玩笑，或是某個狂熱份子發洩情緒的塗鴉。多年來他們連揚言炸掉辦公室、殺光全部成員的恐嚇信都見過了。一張郵票有什麼可怕的？

他們的判斷的確沒錯，判決完全符合他們的訴求，三名少年沒有判處死刑，連二十五年以上的重刑都沒有。

開審當天，三名被告走出囚車，準備走進法院時，附近高樓狙擊槍射出的軟頭子彈，先後擊碎了三個人的腰椎。

警方鑑識彈道後，認為子彈全來自同一枝槍；但槍械專家認為光靠一人不可能在兩秒鐘內，透過視野有限的狙擊鏡和手動上膛的狙擊槍，連續打中三個比硬幣大不了多少的目標。案件就此陷入膠著。

三名少年因脊髓受損得以免受重刑，但也失去行走和控制大小便的能力，終生要和輪椅、尿袋為伍。爾後偟論性侵其他女性，連正常人習以為常的走路、跑步和坐在馬桶上如廁，對他們都是再也無法實現的奢求。

這種懲罰是否比坐電椅或人權團體鼓吹的終身監禁要好？

老實說，我不知道。

漢尼拔．厄普代克從此下落不明，之後不管是誰，只要企圖用道德勸說或媒體力量介入重刑犯的審判，就會收到一張沒有署名，背後貼著一張郵票和那句讖語的明信片，一如當年為那三名少年辯護的人權團體。

他沒有取走任何一名被告的生命，一個都沒有。

但對這些被告而言，說不定被判死刑還比較輕鬆點。

兩年前我調任市警局時，邁阿密發生多件命案。死者多為值夜班下班的飯店服務生或酒吧女侍，生前皆遭到性侵及凌虐，再棄屍於路旁的樹叢或車底。

警方綜合鑑識結果，逮捕在碼頭打零工，綽號『猩猩』的嫌犯。除了將近兩米的魁梧身形及濃密毛髮外，這個綽號的由來，是因為他喜歡深夜帶妓女溜進船塢之類的隱密場所，捆綁對方後施以性虐待。

當地風化業者眼中，他是不折不扣的混球。

他本人倒是坦白得多：「既然我穿著褲子，前面就有個褲襠；既然有褲襠，就要在裡面裝點什麼。」

人權團體剛找到願意擔任證人的心理學家，就收到那張明信片。他們也認為『集郵者』和紐約下水道的白鱷魚一樣，不過是無聊的都會傳奇。警方並沒有忽視這個警告，『猩猩』首次出庭時，警方的狙擊手佔據法庭四周監控，法庭外有便衣刑警巡邏，入口加裝金屬探測門，還有專門嗅聞爆裂物的警犬。

開庭當天，聲援『猩猩』的阻街女郎在法庭外圍成人牆，展開手上的標語牌和玫瑰花圈，他不得不夾在獄警間，穿過不停傳來飛吻和口哨聲的群眾，剛走進法庭，原本坐在訓練員腳旁等候命令的警犬突然撲上『猩猩』的褲襠，露出森森利齒，一口咬下裡面的東西。儘管警方立刻將他送到醫院急救，但警犬咬下的『肢體』由於嚴重污染，無法進行顯微接合。

警犬的訓練員在開庭前一週，注意到有遊民連續幾天在他家的院子外餵警犬，因為附近的小孩和鄰人都很喜歡那隻狗，他認為只是單純的餵食行為，沒有多加留意。事後在遊民餵狗的欄杆一帶，警方發現香腸的包裝紙和空的小玻璃香水瓶，『猩猩』開庭時所穿的牛仔褲褲襠上，也發現同樣的女性香水氣味。

警方推斷『集郵者』喬裝遊民，以餵食警犬為偽裝，實際上利用食物訓練警犬攻擊帶有特定香味的物體，在開庭當天混在聲援的流鶯群中，將同樣香味的香水噴在『猩猩』的褲襠。法庭門口的流鶯經追查後，只是自發性的臨時聚集，意外發生後就一哄而散，法庭四周的錄影資料都被標語牌或花圈遮住，不能追查當天到底有那些人參加。

這個結論並不能幫助『猩猩』，警犬造成的傷害重挫了他的男性自尊，監獄一向輕視霸凌無辜女性的強暴犯，他身上的傷也成為同監受刑人的笑柄。因為服刑地點是拘禁重刑犯和黑幫份子聞名的重度戒護監獄，他的魁梧身材佔不了多少便宜。獄警曾經查扣聽說是同監受刑人集資，指名要送給他的粉紅色女用洋裝。獄外這個案件也成為脫口秀節目的素材，像是『他的裁縫師應該會輕鬆點，因為再也不用做那麼大的褲襠』之類的。

半年後，西雅圖一所中學的校車上學途中突然爆炸，死者除了四十多名學生，還有剛到學校任職，當天負責管理學生的女老師，以及她轉到同一所中學的獨生子。擁有機械工程碩士學位的嫌犯聲稱自己是無政府主義者，安裝炸彈是為了解放被菁英主義宰制的教育體系。

『集郵者』的明信片讓準備聲稱被告遭到公權力迫害的人權團體如坐針氈，審判在層層戒護下進行，一向無孔不入的媒體記者禁止進入法庭，只能從發言人統一獲得新聞稿。但直到法庭宣判被告十二年徒刑，甚至發監執行時，『集郵者』都沒有現身。

這一次，我們真正擋住了那個無知而反智的屠夫。

人權團體正要將這段話寫進新聞稿，被告在押的監獄傳出消息：獨居房裡的被告用床上拆下的鐵片劃開腕動脈，牢房牆上全是他用腦袋拚命撞出的血痕，就像水面上的一圈圈漣漪。基於受刑人的情緒極度不穩，已將他移到監獄內關押自殘傾向及精神病患的軟墊戒護房。

自從他進監獄那天開始，每天身邊都會傳來爆炸聲。

爆炸聲的來源，來自一顆顆比乒乓球大不了多少的櫻桃爆竹。

這些爆竹藏在他早上刷牙的牙缸、如廁的馬桶、吃飯的餐盤、放封時路邊的草叢，沐浴時的肥皂盒和臉盆，甚至他換上新衣服時，口袋裡說不定也有一顆，在他碰觸時轟然炸開，只剩下空氣中刺鼻的火藥味。

看到他在爆竹炸開時的驚愕神情，附近的受刑人總會爆出大笑，獄警搜查四周和受刑人身上，卻找不出任何爆竹時，只能對他搖搖頭，神色中透出一絲無奈。

這擺明了有人要整你，你就認了吧。

基於安全考量，獄方將他移到不用工作的獨居房，但爆竹並沒從他四周消失。就像『血字的研究』中，那個拒絕把女兒嫁給長老之子的老農夫，儘管他如何小心門戶，還是會在四周發現一個手寫的數字，提醒他還有幾天可以獻出自己的女兒。

那些爆炸聲似乎也提醒他，那四十個學生生命最後一刻的光景。

他們會聽到爆炸聲嗎？

他們會感到灼熱和痛楚嗎？

他們會看到自己的朋友和老師活活燒成焦炭嗎？

面對這些質疑一個月後，他選擇劃開自己的腕動脈，結束了這場看不見對方的辯論。

根據線民的情報，『集郵者』說服專門偷運物品進出監獄的黑幫首腦，以香菸和酒為獎品，鼓勵受刑人將櫻桃爆竹塞進對方的衣物和工作場所。因為櫻桃爆竹體積小，方便轉手及隱藏，加上獄中像烹調、打掃、交換圖書及信件之類的雜勤都由受刑人擔任，獄方根本防不勝防。

但直到最後被告轉到安置重度精神病患的療養院，都沒有事實能證明這些傳言。

這就是『集郵者』，我的第一個採訪對象。

「往好處想，」回過神來，我的朋友正將酒杯湊到嘴邊，「紐奧良新上任的警長以前和你見過面，對採訪多少有幫助。」

「我們見過？」

「喬光漢，」他說：「他曾經率領紐奧良警局的代表團來市警局訪問，還記得嗎？」

✉ ✉ ✉

「這個警徽其實是撿到的，」低頭望向胸口的警徽，紐奧良市警局的新警長笑了笑，「市警局內一直爭論到底要讓黑人或白人坐這個位子。最後市政府認為乾脆找其他族裔，對雙方人馬多少有個交代。」

「如果真是這樣，」我說：「坐在這裡的，應該是印第安人。」

警長從辦公桌後伸出手，「歡迎到紐奧良。」

紐奧良市警局位於高架道路旁一座鬆餅般方正低矮，灰撲撲的二層樓混凝土建築內。推開辦公室規格統一的鋁門窗，剛好能和高架道上面露鬱悶之色的駕駛對望。

「上次見面到現在，也快一年多了吧？」喬光漢問。

「一年又四個月，」坐在我面前的漢子外表和當時並沒差多少，鬆軟的皮質辦公椅藏不住他的巨大身形，臉孔如原始人的石雕般厚實，幾星灰白的頭髮和鬍鬚用推剪修成細細的毛碴，換上外勤人員的防彈背心和武裝後，這傢伙看上去不像人類，而是英國鄉間的厚重石牆。

「怎麼還戴著太陽眼鏡？」

「這裡的太陽很大。」我拿下墨鏡。從紐約摩天大樓的深谷轉到紐奧良，首先要習慣的，就是沒建築物遮蔽的陽光。

「亞克打電話告訴我了，他們其實不應該放走你的。」

「有很多複雜的因素啦，」我抬起頭，「等等，你說亞克打電話來？」

「他要我們盡可能幫助你。天曉得，說不定是你幫助我們，」他從辦公室下拿出一只厚敦敦的文件夾遞給我，「這是理查・布萊特的案卷，你可以先讀一下。」

文件夾首頁有張年輕人的臉，從背後身高計刻度推算，他大概一百八十公分高，握住面前號碼牌的指頭像女性般纖細筆直。細柔的金髮剪成時尚的中分頭，細瘦的雙頰線條在下顎交會，構成修長的臉部輪廓。嘴唇只有一抹淡淡的血色，淺藍色的瞳仁透過細長的眼眶望向相機鏡頭。加上微傾的頭部線條，彷彿疑惑自己為什麼拿著號碼牌，站在警局拍檔案照的身高計前。

很多人在路旁看到這張臉，都會聯想到學生，義工等近乎神聖的存在，而不是殺害二十餘名夜歸女子的殺人魔。

這也是他們犯下的最後一個錯誤。

理查・布萊特二十七歲，是紐奧良某家生化實驗室的研究員。據同事描述，不搖試管、不碰儀器的下班時間，他和大部分這個年齡，隻身在外工作的單身男子一樣，喜歡在熟識的夜店喝一兩杯酒，或到市郊的沼澤地健行或釣魚。檔案有張他辦公桌的照片，桌上擺滿從森林拾回來的松球，用木頭和竹材削出來的鳥笛，還有從沼澤地中撿到，魚網上脫落的玻璃浮標。

四年前某個悶熱的夏日午後，兩個巡邏沼澤地的漁獵局稽查員，在蘆葦叢中發現一名三十歲白種女性的屍體，頭部用深藍色女用西裝外套嚴密包裹，頸部用女用皮帶束緊，暗紅色粗而筆直的瘀痕宛如地圖上的街道，在白襯衫下泛青的皮膚縱橫交錯。法醫認為死亡時間約在兩天前深夜，死者先被倒弔，用皮帶毆打，性侵後再用同一條皮帶勒斃。

死者是會計師事務所的內勤記帳員，最後被人發現是前一天下班時，和辦公室門口的保全人員道別。貧乏的交友狀況讓警方找不出足夠動機和能力的嫌疑犯。清查沼澤地一帶的空屋，也沒發現相關的跡證。

之後的八個月內，紐奧良一帶陸續發生多件類似的命案，死者全是三十餘歲，單身上任的白領女性，全都棄屍於市郊的沼澤地或林地，臉部全都用衣物包裹，死前都遭到倒吊、凌虐及強暴。儘管嫌犯並沒和這些受害者結婚，但唯恐天下不亂的媒體，還是為他取了個不盡相符，卻很駭人的渾號：『紐奧良藍鬍子』。

警方在媒體冷嘲熱諷和憤怒民意撻伐下，只好用上個世紀英國佬對付開膛手的法子，用數不清的臨檢崗哨和義警『包圍』整個紐奧良市區。晚上到郊外約會的情侶，路上會遭到一連串檢查哨盤查，義警雜沓的腳步聲和咒罵，早將森林的夜風和蟲鳴鳥叫嚇得噤聲不語，手電筒和探照燈的光束不時橫穿林間，連原本高駐夜空閃耀的星光也黯然失色。

儘管很殺風景，但這樣做或許真的嚇阻了『紐奧良藍鬍子』，至少到聖誕節為止。

聖誕節前一天下午六點，紐奧良某家醫院的護士葉雲貞坐上男友萊斯特·里德的車，準備到醫院值夜班。萊斯特也是同一家醫院的住院醫師，當時兩人已經計劃明年結婚。葉雲貞的母親還記得出門時，萊斯特用蹩腳的華語向她保證，婚禮時會讓她當個最有面子的丈母娘。

萊斯特並沒想到，他可能無法實現自己的諾言。

聖誕節當天凌晨一點，兩個開始值班巡邏的警察，在市郊公路發現一部停在路旁的銀灰富豪轎車，行李廂蓋打開，露出內側的故障警告標誌。

根據前一班員警報告，這輛車停靠路旁已經有段時間。兩名警察討論後停在轎車前，由其中一人上前盤查。

一名白種男子倒臥在駕駛座，已經死亡多時，頭側槍傷流淌出的血液積在座椅下，凝成淹沒腳背的濃稠血潭。他的右手擱在儀表板，前方的擋風玻璃，有幾個用血寫出來的數字。

警方依據死者上衣口袋的識別證，認出死者是萊斯特．里德。同一間醫院服務的住院醫師看過屍體後也證實他的身分。調閱醫院的打卡記錄和詢問醫院後發現，平安夜當天晚上，萊斯特和葉雲貞都沒到醫院值班。

法醫驗屍時發現，死亡時間大概在平安夜當天下午六點半到七點半之間，頭側的槍傷是致命傷，從顱內彈道研判，凶手應該是從車外朝車內開槍，因為使用小口徑手槍，加上子彈沒有貫穿腦幹和前葉，儘管難逃一死，但死者至少還有一分鐘左右意識清醒，能夠做些像在擋風玻璃上留字的簡單動作。

擋風玻璃上的數字，是理查．布萊特越野車的車牌號碼。

布萊特以證人身分應訊時，供稱他開車經過市郊時，發現正在修車的萊斯特，他詢問是否需要幫助，但萊斯特只搖了搖手婉謝，他開車離開時，坐在助手座的葉雲貞還朝他揮手。

當時富豪車的工具箱在行李廂中，就算車子已經修好，為什麼不關上行李廂門？

哦，我記錯了。布萊特改口說萊斯特因為車子沒油，他特地從車子的油箱抽出一部分油，加進富豪車的油箱裡。

萊斯特的富豪車用的是汽油，布萊特越野車的油箱裡卻是柴油。

真的嗎？那我那天開的應該是另一部車。

警方對布萊特的證詞愈發懷疑，但找不到其他證據。直到一週後，某個走進當舖的遊民打破了僵局。

遊民拿出一只女用手銬，詢問能典當多少錢。當舖老闆認為手銬有問題，按鈴召來了警察。除了手銬，那名遊民身上還有一只女用戒指和白色皮包，全是葉雲貞出門時，身上帶的東西。

那名遊民已經七十餘歲，右手兩年前中風後，成為垂吊身側的重負，另一隻手連拉動裝載家當的的購物車都在不斷顫抖，顯然不是持槍殺人的狠角色。訊問的警官放慢聲調，詢問東西的來源。

撿來的。遊民說聖誕節後幾天下午，看見某個開越野車的帥哥，把這些東西丟在中國餐館後巷的垃圾桶裡，他並不曉得萊斯特的命案，只以為他在丟棄前女友的物品。

他描述的男子特徵和理查．布萊特相同，嫌犯指認中，他也認出了布萊特。

警方立刻將布萊特改列嫌犯，申請搜查他的住處和車輛。但還有一個更重要的問題。

葉雲貞在那裡？

如果葉雲貞還活著，可能遭到布萊特囚禁，長期缺乏食物及照料下性命難保。警長決定拿警徽做賭注，他命令手下刑求布萊特，以取得葉雲貞的囚禁地點。

他賭贏了。經過連續兩天馬拉松式的連續審訊和酷刑後，布萊特供出了葉雲貞的所在地點。

但從另一個角度，他也賭輸了。

警方根據布萊特供稱的地點，在沼澤深處獵季供獵人整理裝備的小木屋中發現了葉雲貞。正確的說，是葉雲貞的屍體。

警方撞開朽壞的木門時，發現屍體倒吊在橫樑。上半身用她出門時身上披著的粉紅色制服外套包裹，再用女用皮帶束緊。解開包裹時，警員看見一張睜大眼睛，凝固著驚恐的臉，身上的白色制服撕成一條條緞帶般的布碎，露出下面爬滿紫黑色長條瘀傷的霜白皮膚，還有長時間倒吊形成的大片屍斑。

法醫根據屍斑和屍體上昆蟲的繁殖情形，研判死亡時間在聖誕節前後。死者先被凌虐、性侵、用皮帶勒死後再倒吊在橫樑上。

和『紐奧良藍鬍子』的手法如出一轍。

用吸塵器採集布萊特的越野車內部後，也發現了葉雲貞和多名『紐奧良藍鬍子』被害者的頭髮與皮膚組織。

葉雲貞被發現時的悽慘情景，引爆了警方長期鬱積的憤怒，他們使出各種手段拷打布萊特，布萊特也像搾汁機下的檸檬，吐出愈來愈多的資料。

布萊特是揚斯頓人，父親是鋼鐵廠工人，經濟蕭條的陰鬱環境，工廠的嚴酷工作和升遷無望的黯淡前景。讓皮帶和暴力成為他治理家庭的手段。幼年的布萊特承受父親的鞭笞下，一個念頭也在他心頭播下種子。

如果用愛不能佔有對方，用暴力或許可以。

進入實驗室工作後，工作時間長加上內容單調，讓他談了幾次並不順利的戀愛。有天下班時天色已暗，他開車回家時，看見一個身穿藍色套裝的女子，沿著人行道踽踽獨行。

或許是寂寞心靈的共鳴吧。他停下車邀對方上車，對方也同意了。

前十分鐘，是布萊特一生中最快樂的時光，對方的應對與笑容，讓他像坐在春天的樹蔭下，享受徐徐吹來的風。

心情放鬆下，他開口向對方求歡。

對方先是驚愕，瞬間披上鎧甲，上面還豎起層層尖刺。

童年播在心頭的那顆種子見風就長，像藤蔓攫奪了他的心智。

如果用愛不能佔有對方，用暴力或許可以。

如果不能讓人敬愛，就要讓人敬畏。

他揪住對方的頭髮朝車頭柱猛撞，對方昏了過去。

然後他將車開往假日常去探險的沼澤地，在接下來的一個鐘頭，發洩了所有的慾念、憤怒和絕望。

這個不幸的女子，就是『紐奧良藍鬍子』的第一個被害者。

既然用愛不能擁有對方，那就用暴力吧。

接下來的八個月，他開車在紐奧良街頭徘徊，尋找落單女子做為目標，用言辭引誘對方上車後，再載到郊外施暴及殺害。他斯文和看似瘦弱的外表，很容易讓對方解除警覺而不設防。

為什麼最後一個受害者，他挑上有男友隨行的葉雲貞？

在警方的包圍策略下，他的慾望累積已經到了臨界點。他放棄開車尋找被害者的模式，改將越野車藏在郊區路旁樹叢後，懷裡揣著買來防身的點二二手槍，等待下一個受害者。

看見他在路旁揮手，萊斯特或許以為是要搭便車的路人，在他身旁停下。剛搖下車窗，布萊特就朝他的頭開了一槍，然後挾持葉雲貞上越野車，臨走前他順手打開行李廂，製造車子故障的假象。

檢察官以多項謀殺罪名起訴布萊特，因為路易斯安那州仍然保有死刑，媒體和民意都認為，拉法葉市州立監獄的電椅將是布萊特唯一的歸宿和終局。

這時，人權團體出馬了。

辯護律師主張布萊特遭到刑求，加上他多次改變供詞，因此所有供詞應該視為刑求下配合警方的表演，而不能視為證據。

人權團體聘請的專家證人舉蒙古戈壁沙漠的沙塵，會隨高空噴射氣流飄到美國西岸為例，認為布萊特的越野車經常行駛在沼澤地，車內的微量跡證是隨自然環境帶入車內，而不是受害者留下。

辯方的醫師證人在法庭上聲稱，腦部中彈後常有記憶缺損或混亂的症狀，萊斯特只是不久前看過布萊特的車子駛過，中彈後因為記憶混亂，就順手寫在擋風玻璃上。當時律師還問陪審團：如果萊斯特寫在玻璃上的是樂透的中獎號碼，是否警方要考慮逮捕當期頭彩的中獎者？

法庭外教育學者和人權鬥士則在報紙、雜誌和電視大聲疾呼。主張布萊特是不幸家庭環境下的受害者。社會不應扮演迫害弱勢的屠夫和劊子手，而是應該給他一個機會，『再一次讓世界看見美國精神的寬容、仁慈和善良』。

葉雲貞的母親熬不到交互詢問證人，就因為耳聞女兒的慘況，在法庭上昏倒而返家休養，葉雲貞的姐姐和萊斯特的父親強打精神坐在旁聽席上，卻感覺像是跑錯了法庭。

案件的受害者似乎不是骨灰罈裡的葉雲貞和萊斯特，而是坐在被告席圍欄，用冰冷眼神望向旁聽席的布萊特。

儘管人權團體用盡一切手法遊說，陪審團只花了十分鐘，就裁定被告所有謀殺罪名成立，法官也根據裁定結果，判處被告死刑。

我合上文件夾，揉揉微微酸澀的眼球。窗外的天色轉為橘黃，高架道上的卡車在背光下，像黑紙剪出的影子。

「第一次審判時，人權團體的律師同時控告偵辦該案的警官涉嫌刑求，」接過我遞過去的文件夾，喬光漢說：「警長不但丟掉警徽，連退休金都泡湯了。所以我才會在這裡。」

「布萊特在那裡？」

「確定上訴後，我們將他移到警局後的監獄，戒護上比較容易。」

「我可以見到他嗎？」我問。

「很難，」他雙手像僧侶般合十，「死刑犯除了辯護律師，只有他開給獄方名單上的人才能見到他。尤其集郵者出現之後——」

警長桌上的電話響了起來，他拿起電話。

「喂？我是。什麼？好，我馬上到。」掛上電話後，他起身拿起椅背上的深藍夾克，「走吧，我們去看布萊特。」

「出了什麼事？」

「集郵者出手了，」他把胳臂套進袖管，「布萊特下午收到郵包後突然口吐白沫，昏了過去，現在他人在醫院。」

✉ ✉ ✉

醫院收容保外就醫病患的戒護區位於頂樓，電梯門打開，可以看見一兩個和護理人員衣著不同的人，站在護理站櫃台前。

「情況怎麼樣？」喬光漢跨出電梯就問。

「他沒事。」說話的男子理著軍人的小平頭，身形精瘦，穿著和警長相同的藍色警用夾克，「醫生說先觀察二十四小時，再送他回監獄。」

「聯絡他的律師了嗎？」

「帕爾默和沃納剛剛來過，確定布萊特沒事後才走。」

「帕爾默是——」

「雨果·帕爾默，布萊特的辯護律師，」喬光漢噘起下唇，像是對某個看不見的人扮鬼臉，「這一帶很多和法院打交道的人，都叫他『法庭上的魔術師』。」

「他真的那麼厲害？」

「幸好他收費太高，通常只接巴吞魯治和拉法葉一帶開庭的案子，不然的話，我們的日子會難過得多。」

「布萊特請得起他？」

「有人請得起。」喬光漢說：「傑弗里．沃納，『教室與絞刑架』的執行長。」

「『為兒童建造教室與圖書館，勝於為成人建造監獄與絞刑架』。沒錯吧？」

喬光漢點頭，「他們是東岸最激進的人權團體，去年巴吞魯治審理一件超商持械搶劫案時，這票人在法庭門口義賣晴天娃娃。」

「那還好吧？」

「是吊在小型木頭絞架上的晴天娃娃。」喬光漢說：「因為被殺的店員是韓國留學生，當地的韓國僑民也抬著十幾口棺木到法庭抗議，雙方就在法院門口大打出手。」

「巴吞魯治市警局動員三個分局的人手和好幾部大型警車，才把打架的群眾載到警局和醫院，」剛才和喬光漢報告的警員說：「衝突結束後，法院門口都是棺木碎片和晴天娃娃——還好當時韓國人抬去抗議的是空棺材。」

「霍士圖，我的朋友，」喬光漢望向那名警員，「馮傑姆副警長，今年從巴吞魯治調到這裡，負責布萊特出庭時的戒護措施。」

「我是霍士圖，辛苦了。」我握住副警長的手。

「還好，」他說：「不過希望審判早點結束，大家會比較輕鬆一點。」

「下午發生了什麼事？」

副警長望向他的上司，後者點了點頭。

「今天有人寄了個包裹給布萊特。」他從身後的櫃台拿了兩只夾鏈袋遞給警長。其中一只袋子裡有本酒紅色封面的聖經，另一個裡面是封口拆開的牛皮紙包，褐色紙張上用打字機打出布萊特的名字和監獄的地址，寄件者則是紐奧良的一個住址。

「寄件者的地址查過了，是空屋，」副警長說：「目前根據郵戳調閱郵局監視器畫面，看能不能找出寄包裹的人。」

警長頷首，「後來呢？」

「獄警拆開包裹，確定沒有夾帶東西後，在下午發放信件的時間交給布萊特。他一拿到聖經就翻開，撕下其中一頁塞進嘴裡，接著就開始口吐白沫。獄方馬上送他到醫院，並且通知局裡。」

喬光漢的眉心打了個結，「他撕下的是那一頁？」

「啟示錄裡的插圖，」馮傑姆說：「大概第十章左右，上面的經文好像是——」

「『他對我說，你拿著喫盡了，便叫你肚子發苦，然而在你口中要甜如蜜。』」一個聲音從電梯的方向傳來。

一個男子站在電梯門口，扣緊扣子，束上腰帶的雙排扣黑色風衣包覆住他的高瘦身形，讓他看上去彷彿某個物體投射在電梯門上的陰影。

「您是——」警長遲疑了一兩秒才開口。

「啟示錄第十章第九節。」他走到警長面前，「打擾了，我是風間新平，司法部的研究員。」

✉ ✉ ✉

「研究員？」警長望向我們的新訪客。

「司法部每年都要向國際人權組織提交報告，說明死刑判決及執行的概況。」他拿出一張紙遞給警長，「每次人權團體都指責報告不實，司法部內沒人願意做這種苦差使。於是他們發包給民間研究機構，萬一被罵也有台階可下。——這是司法部的公文。」

警長打開公文，目光在紙面和訪客的臉上游移。

以東方人的標準而言，風間新平將近兩公尺的身高相當醒目，略顯削瘦的臉部輪廓，更加深了這種印象。剪短的濃密黑髮呈現沒有刻意梳理的蓬鬆，但是並不顯得邋遢，配上挺直的鼻樑和修長的五官線條，是經常在伸展台和時裝廣告上看見的臉。

然而接近蒼白的皮膚和深邃到看不見底的深黑眼瞳，卻給這張臉罩上一抹陰影。彷彿它的主人受了無法痊癒的傷，創口還在身體深處不斷滲出鮮血，只能瞥見隱約閃現的火花。

警長小心摺好公文，還給對方。

「公文沒錯，」警長伸出手來，神情中多了點猶疑，「歡迎到紐奧良來。」

「別擔心，我不是人權團體。」訪客握住警長的手，「我只是打工領薪水的民間雇員，不會把你們醜化成劊子手和屠夫。比方說，那個——」

他望向馮傑姆手上的夾鏈袋，「我或許能幫你們一點忙。」

「是嗎？」警長說。

「抱歉，那兩個袋子可以借我看一下嗎？」

用目光徵求警長同意後，馮傑姆把兩只夾鏈袋交給訪客。

他走到護理站的櫃台前，對裡面的值班護士說：「對不起，能不能借我一個托盤、外科手套、解剖刀和鑷子？」

護士轉身走到後方的器材櫃，拿出他要的東西。

風間新平將夾鏈袋放在托盤裡，拆開外科手套的紙包。

「醫院有做毒物檢驗嗎？」他戴上乳膠手套。

「有，」副警長點頭，「抽取過洗胃液的樣本和聖經上的殘頁後，化驗出——」

「氫氧化鋁和澱粉。」風間新平取出聖經，放在托盤裡。

「你怎麼知道的？」

「他的症狀，還有他為什麼恢復得那麼快。」他翻閱聖經，似乎在找些什麼。

「找到了。——副警長，是不是這一頁？」他將攤開的聖經放回托盤，書脊上有片大約半吋寬的殘頁。

副警長走上前，「沒錯。」

「這頁是另外粘上去的，」他用解剖刀在書頁裝訂的地方虛畫，「這一頁的頁緣粘在兩頁中間，而不是和其他頁裝訂在書脊。」

喬光漢接過鑷子，夾起殘頁左右檢查。

他放下鑷子，「依照你的看法，這一頁是——」

「對方可能拿到聖經後，把這一頁粘上去，再寄給布萊特。」風間新平轉向警長，「我能不能取一片樣本？」

「請便。」

風間新平用鑷子夾住殘頁一角，另一隻手操作解剖刀，小心裁下指節大的一片，放在托盤中。

「手滿巧的。──你以前是外科醫師？」我問。

「以前在實驗室見習過，」他抬起頭，「副警長，請問一下。醫院有沒有提到，氫氧化鋁和澱粉從那裡來的？」

「沒有，」副警長搖頭，「他們說把樣本直接做氣相──氣相什麼的檢驗，只找到這兩種物質。」

「氣相層析啊──」他右手指節在前額敲了敲，「好吧，我們來看看。」

他拿起鑷子壓住切下的殘頁，解剖刀側過刀鋒輕刮紙面。原本光滑的紙面隨著刀鋒浮現一些白色粉末。底下的紙張逐漸失去光澤，轉為半透明的淺黃色。

警長湊上前去，「這是──」

「如果沒猜錯，這些粉末應該是氫氧化鋁，也就是胃乳片，」風間新平說：「澱粉來自這張糯米紙，華埠的南北貨商店和餐廳通常用這種紙，包一些會粘手的零食。」

警長和櫃台後的護士點頭，後者端起托盤朝後方走去。

「我被搞糊塗了，這怎麼回事？」他轉向風間新平。

「簡單來說，布萊特的『病』是裝出來的。」風間新平說。

「什麼？」

「很多騙子把胃乳片含在嘴裡，溶化後再吐出來，看上去和口吐白沫沒兩樣，」我說：「搭配像抽搐、痙攣、滿地打滾之類的表演，在商家或餐廳佯裝食物中毒或癲癇發作，把對方的客人統統嚇走，事後還能敲一筆醫藥費、遮口費什麼的。」

風間新平瞥了我一眼，「你是刑警？」

「現在不是了。」我聳聳肩，「以前遇到一些不肖的地產商，用這種把戲對付不肯出讓房子的小店主。——那張紙怎麼做出來的？」

「十九世紀時有種用來畫鋼筆畫的紙，用滑石粉塗在紙上磨平，好讓紙張表面光滑，可以吸附鋼筆墨水。」風間新平說：「對方也用同樣的方法把胃乳片研細，塗在紙張表面磨平，畫上圖後再粘在聖經裡。

「對方可能要布萊特收到聖經後，撕下那一頁含在嘴裡，做出口吐白沫的樣子，糯米紙則會溶化，和胃乳混在一起。選擇啟示錄的那一段經文，可能為了方便記憶。」

「他為什麼要這樣做？」警長問道。

「最簡單的解釋，是為了逃獄，」他說，「醫院能接觸的人比較多，聯絡和尋找外援比較方便。」

「他打錯算盤了，」副警長站直身子，「『集郵者』寄那封信來之後，他身邊的戒護措施比監獄裡還要嚴格。」

「偵查單位清查過他的人際關係，連朋友都沒幾個，別說同夥，」警長說：「有同夥協助逃獄的，大部分都是像搶劫、集團犯罪之類的犯人，強暴犯在監獄中的社會階層很低，沒多少人願意冒生命危險救這種人出來。」

「法院同意上訴之後，有多少人面會過布萊特？」風間新平問。

「他的律師，還有『教室與絞刑架』的執行長。」副警長說。

「有帶什麼東西給他嗎？」

「沃納執行長沒有；帕爾默律師帶了他的名片，還有一盒蠟筆。」副警長搔搔頭，「那張名片和信用卡差不多厚，當時律師還開玩笑說，這樣收到的人就不會隨便亂丟；蠟筆是用筆心的免削蠟筆，後來布萊特用那盒蠟筆畫了不少畫，都掛在他的單人牢房裡。」

風間新平的指節又敲起前額，「我可以看看布萊特嗎？」

「要他的律師在場，你們才能問他問題。不過，你們可以從外面看看他。」警長停了一下，「算是感激你幫忙的謝禮。」

他向副警長點頭，後者走到通往病房走道，用手臂粗淺綠色鋼條組成的入口柵欄前，打開了柵門。

「請跟我來。」他望了我們一眼就鑽進柵門，我們也跟在他後面鑽了進去。

柵欄後和一般病房相同，迎面是筆直的白色走道，一扇扇灰色的門在走道兩旁排開。走近病房時，灰色的門扇轉為透明，可以看見病房內的陳設，仔細端詳房門，上面布滿細密的金屬網孔。

「和聖昆丁的重度戒護區一樣，」副警長在我旁邊說：「用柵欄當房門時，經常有犯人從裡面伸出胳臂，勒住醫師的脖子。後來有人用針頭當吹箭，穿過網孔刺傷走道巡房的護士，所以又加上了這個。」

他手指在房門彈了兩下，金屬表面包了一層像壓克力的透明塑膠。

「聚碳酸酯。」我說。

「車廠用這個打造防彈車的擋風玻璃，」副警長的口吻就像動物園的馴獸師，介紹園中的設備，「測試時，這玩意能擋住AK－47的子彈。」

布萊特在最內側的房間，從房門向內張望，只看到病床上蓬鬆的被褥，枕頭一角能瞥見零星披散的金髮。

「看樣子他睡著了。」副警長說完，朝護理站走去，「我們改天再來。」

我跟在風間新平身後準備離開，移步前，忍不住回頭望了病房一眼。

他根本沒睡著。

檔案照片中的那張臉伸出被窩，雙眼圓睜，兩隻手抓住耳朵朝外拉，嘴巴咧開成一個誇張的三角形，舌頭伸得長長的，就像蛇的舌信。

他正朝我們扮鬼臉。

整個動作只有一秒，然後那張臉又縮回被窩裡。

「老兄，」我問前面的風間新平，「那傢伙對我們扮鬼臉。」

風間新平說：「他玩得很開心，所以才在我們背後這麼做。」

「玩？」

「他之所以裝病，或許也是為了作弄我們，看我們驚慌失措的樣子。」

正打開柵欄門的副警長噗哧笑了出來，「在忍受打針、洗胃、照胃鏡的痛苦下？」

「是不是玩，取決於當事人的價值觀，而不是取決於忍受多少痛苦，」風間新平說：「即使要忍受脫水、失溫、飢餓、渾身痠痛，甚至有中毒、遭野獸吞噬、摔得粉身碎骨的可能，但很多人仍然認為登山是娛樂休閒，而不是工作。」

✉ ✉ ✉

雨果．帕爾默坐在街頭籃球場旁整齊堆起的水泥管上。被長褲吊帶束縛，依然把襯衫中縫撐開成網眼的大肚子，頂住平放膝上的褐色公事包，成了臨時的辦公桌。他身旁放著一手罐裝可樂，有兩罐已經打開了。

這種裝扮如果是在市井接車禍、離婚、家暴之類雞毛蒜皮案件的平民律師，我不會驚訝。但雨果．帕爾默是東岸最知名的刑事辯護律師，一個鐘頭的費用就將近五千美金。

「是雨果．帕爾默嗎？」我走到水泥管前。

對方拿下鋼絲眼鏡，放在膝頭的文件疊上，他有張像棒球本壘板的寬臉，淺褐色的鬈髮沒有刻意梳理，隨意披在腦後及肩頭。深黑色的圓眼看上去溫和無害，就像耕牛的眼睛。

「我是帕爾默，你是——」

「『紐約前鋒新聞』的記者霍士圖，」我說：「可以耽誤一點時間嗎？」

「你怎麼知道我在這裡？」他戴上眼鏡，鏡片後的眼睛瞇了起來。

「從酒店門口排班的計程車，問到您在這一帶下車。然後再問附近的商家和小販。」

「你以前是警察？」

「怎麼說？」

「只有警察才用這種笨方法找人。記者只會從對手的報紙裡找材料，跟底特律的車廠沒兩樣。」他拍了拍身旁的水泥管，「上來吧。」

「謝謝。」我躍上水泥管，坐在他身旁。

「先別謝我，」帕爾默把文件塞回公事包裡，「看在你能找到我，我給你十五分鐘，另外律師有為客戶守密的義務，如果你跨過這條線，談話就立刻中止。明白了嗎？」

「明白了。」

「那好，這是我的名片，」

正如副警長的描述，帕爾默的名片像信用卡般堅硬而帶著重量。

「這種名片一張多少錢？」我把玩片刻，才將名片放進口袋。

「我和專門製作會員卡的公司訂做的，因為很多人把律師的名片當保命符放進皮夾，結實點也是人之常情，」帕爾默問：「想問什麼？」

昨天為了蒐集背景資料，我從旅館打電話到拉法葉市帕爾默的事務所，還有『教室與絞刑架』波士頓的總部。兩個辦公室的人只回答老闆外出，地點則不方便透露。

名義上，帕爾默的法律學養來自於芝加哥一間法律學院的夜間部；實際上，他的法律知識啟蒙自高中輟學後，在當地黑道大老手下工作多年的觀察。這位大老幫助帕爾默取得高中學歷，資助他半工半讀唸完法律課程。帕爾默取得律師資格後，先在大老手下工作幾年，然後在拉法葉市開設事務所，十年內他受理了全州將近二十餘件的死刑犯辯護案件，其中將近百分之六十的案件宣判無罪，百分之三十的的案件宣告失審或減刑。

這個記錄緣自帕爾默對審判細節的錙銖必較。儘管律師事務所除了他，只有一名接待訪客和安排行程的秘書，但他依舊不多請人手，每天一人工作到深夜，檢查每一條庭訊記錄和證詞，尋找可以攀緣的裂隙與漏洞。五年前拉法葉市的一件情殺案中，他利用證詞中被告手持凶器的口誤，成功讓案件失審，並在日後重審中得以減刑。拉法葉市的上訴法院遇到帕爾默擔任辯護律師的案件，檢察官都要求書記官必須加班核對書狀，導致幾位書記官和檢察官在審判結束後視力嚴重惡化，必須請長假休養。

這種人坐在辯方席，日子真的會難過得多。

「您知道布萊特前幾天送醫的事嗎？」

「知道，」他啜了口汽水，清清嗓子，「獄方一打電話，我就帶沃納先生到醫院去。還好沒事。」

「您認為那個包裹是誰寄的？」

他搖頭，「像這種案件，和被告有關的當事人都會收到一堆恐嚇信，以前就有人把死貓死狗用繩子掛在事務所門口，或把稻草人吊在大樓門口的路燈上。」

「你沒報警？」

「你會嗎？」帕爾默嘴角一揚，「我都把死貓死狗帶回家埋在花園，託這些人的福，裡面的玫瑰長得還不錯。至於那個稻草人，我跟賣運動用品的鄰居借把十字弓射斷繩子，把稻草人放下來。」

「你認為有沒有可能布萊特佯裝中毒，把警方逗著玩？」

「哦？你為什麼這麼認為？」他望向我，眼睛瞇了起來。

「這並不是第一次，不是嗎？」我說：「那個『管不住自己下半身』什麼的，我想很多人還記得。」

上次審判中，一家小報的記者乘布萊特在法院上洗手間，和他做了十分鐘的貼身專訪，當時布萊特或許認為是類似八卦消息的閒談，他一面對小便斗撒尿，一面說自己的動機是『管不住自己的下半身』什麼的。報紙刊出後民意譁然，手忙腳亂的辯護律師以報導斷章取義為理由，要求法官命令陪審團『把今天早上看到的那些垃圾統統忘掉』，同時控告那家小報。布萊特的案件都已經換了律師開始上訴，小報的官司還在進行。

「只有定讞的死刑犯，才做這種孩子氣的事。」帕爾默說：「布萊特還有機會，我相信他不會拿自己的命開玩笑。」

真是如此，他就不會殺害二十多條人命了。

我把這個念頭藏到腦後，繼續問道：「聽說您只接巴吞魯治和拉法葉審判的案件，為什麼這次來紐奧良？」

「沃納先生問我願不願意為他的當事人辯護，剛好我這一陣子手上沒有要宣判的案件。」

「您有和人權團體合作過嗎？」

「有過幾次，但大多數都是當事人直接找我，」他聳肩，「我是生意人，可不是慈善團體。」

「換句話說，這次審判的律師費用全是由——」

帕爾默點頭，「不過我還是打了點折，這個案件多少還有點挑戰性。」

「您是否考慮請求法官把改到別的城市審判，好讓他減刑或改判無罪的機會大一點？」

「如果真的沒機會，到那裡都一樣。」

「儘管紐奧良所有人的眼中，他是殺害多名女子，罪證確鑿的殺人魔？」

「那是偏見，」他的眼睛又眯了起來，「年輕人，你知道我高中最喜歡的科目是什麼？」

「英文寫作？」

「是歷史，」他繼續說下去：「我們在高中經常讀到華盛頓、傑佛遜和富蘭克林是美國的開國英雄，如果單純看待他們的行為，事實上他們都是叛國者。」

「那是英國人的觀點，我們在美國。」

「是嗎？那再舉一個例子，」他拿起可樂罐灌了一口，「有個國家的領導者在沒有憲法授權下，只透過片面的法律和行政命令，剝奪社會低層農民的財產，斷了他們的生路。這些農民不得已組成反抗軍對抗政府，但敵不過政府的優勢武力和經濟封鎖，最後走投無路的農民決定暗殺這個領導者，他們也成功了。——你認為後世的歷史學家，如何看待這個被暗殺的領導者？」

「暴君？」

「不，是偉人。」

「亞伯拉罕·林肯。」順著聲音向下望，風間新平正站在水泥管下。

「沒錯。」帕爾默丟了一罐可樂給他。

「你在開玩笑吧？」我朝風間新平說。

「不，」他等了一會才拉開拉環，啜了一口，「當時美國南方，黑奴是農家重要的勞動力和生產工具。林肯公開聲明廢除奴隸制的『解放奴隸宣言』，只是以總統個人名義發佈的戰時命令，要到南北戰爭結束的一八六五年，第十三號憲法修正案通過後，才真正從憲法上廢除奴隸制。」

「你怎麼找到我們的？」

「我想你應該在找帕爾默，於是問路人有沒有看到一個小個子的東方人。」

「很聰明，」帕爾默說：「你也是記者？」

「不，」風間新平說：「不過我和他一樣，都想知道你要怎麼打贏這場官司。」

帕爾默望向前方的籃球場，上面有三個看上去大約十五六歲的黑人少年在打籃球。

「要打籃球嗎？」他開口說。

「什麼？」我看著眼前這個中年人，他看上去比我大了二十歲，體重也多出至少一百磅，渾身上下都是藏不住的肥肉。我雖然個頭較小，但在警校經常玩各種運動，在市警局服務時，也常到中學和學生打一對三的鬥牛賽，這個開口邀戰的中年律師根本不是我的對手。

加上場上這三個小子，我也可以應付，一點問題都沒有。

「不過呢，看在我年紀大了，這三個小子就當我的隊友，」他望向我，「怎麼樣？」

「沒問題。」我躍下水泥管。

「那你呢？」他望向風間新平。

「不，謝了，」他揮揮手上的拐杖，在水泥管坐了下來，「我膝蓋不好，坐在場邊比較適合。」

帕爾默手腳並用，慢慢爬下水泥管。他走向黑人少年，朝看上去帶頭的少年講了幾句，對方點了點頭，把球交給他。

我走進籃球場，三名少年站在他身後，身形都比我瘦小得多，過大的T恤、舊球鞋和百慕達短褲，更加強了這種感覺。

「先進十球的人贏，怎麼樣？」他懶洋洋地拍著球。

「沒問題。」我說完就一個箭步上前，準備搶走他手上的球。

他一個轉身，用寬大的背部攔住我。

「嘿，小子，」他左右移動肩頭，擋住我伸出的手，「你認為最好的中鋒，要具備那些條件？」

「那還用說，」我伸出手，差了一點，「懂得上籃、防守，還有——」

「不對。」他將球向前一推，拋向籃下的少年，對方右手一勾，橘紅色的球掉進籃框。

「最好的中鋒，要具備的能力是傳球。」他用袖子擦了擦汗。

「是嗎？」我抓住球跑向籃框，一個少年冷不防伸巴掌撥走了球，球彈了兩下，跳到帕爾默面前。

「傳球沒有你想的那麼容易。」他背部一頂，我踉蹌退了兩步，他順勢把球丟給另一個少年，對方帶著球投進籃框。

「你必須瞭解每個人的專長，瞭解他們在場上的位置，」他作勢投出球，我馬上閃身跑到他和籃框之間。

「在適當的時機，把球給適當的人，」他把球往旁一丟，傳給右側的少年，後者抬高手臂投球進籃。

「這種人或許不如直接帶球上籃的球員醒目，」下一次帕爾默拿到球，我乾脆張開雙手擋到他面前，阻斷他和其他人傳球的路徑。

「但主宰比賽勝負的，就是這種不醒目的球員。」他背轉身向上一投，球畫了道拋物線飛進籃框。

十五分鐘後，我的棉布襯衫吸飽了汗水，肺部窒悶得隨時都會爆炸。但帕爾默還有能力帶球跑到籃下，再投進籃框。

「十球了，夥計。」他把球投給我。

「好吧，我認輸了。」我傳球給其中一名少年，如果不算進球算分數，這場球賽可能連十分鐘都玩不了。或許在這個球場打習慣了，這三個小子不管在球場的任何位置出手，都能投進籃框，「剛才我們談話時，你該不會一直觀察他們三個人吧？」

「不然你認為，我為什麼敢和你比籃球？」一個遊民踉蹌推著超市推車到水泥管旁，帕爾默丟了個喝空的可樂罐給他，「霍先生。」

「嗯？」

「所謂的歷史，是由勝利者書寫的，」他爬上水泥管，拿下公事包，「你剛才說布萊特是殺人魔，除了他的所作所為。換個角度，是否也因為你是勝利者，所以才能如此評論他？」

「希望你的說法可以說服『集郵者』。」

「去他的『集郵者』。」他揮揮手，挾著公事包走出籃球場。

我走出籃球場，遊民還在撿拾滿地的可樂空罐，風間新平坐在水泥管上。

「你早料到我會輸，對吧？」我接過他丟過來的可樂拉開拉環，汽水和泡沫噴了我一臉，「所以你才不肯下場。」

「或許吧。」他搖搖手上的可樂罐。

「如果以後有人問，就說他們有二十個人。」擦乾臉上的汗水和汽水，我說。

「ＮＣＡＡ？ＮＢＡ？」他望向開始變熱的天色，似乎在想些什麼，「或者再簡單一點，就說是二十個高大威猛的黑人算了？」

「去你的。」我走到水泥管，一屁股癱坐在底下，「我待會要到葉雲貞的母親和姐姐那裡。要一起去嗎？」

「謝謝。」他問：「為什麼找我？」

「或許像帕爾默所說的，你很聰明，」我說：「另外葉家在市郊，我們可能需要一部車，你那裡有車嗎？」

「不，」風間新平搖頭，「我沒有辦法開車。」

「為什麼？」我問：「色盲、夜盲症、還是以前出過車禍？」

「說來話長，」他跳下水泥管，拍拍我的肩膀，「以後你就知道了。」

一只素燒的細頸白瓷花瓶在壁爐上，為紅磚和石材厚重色澤打底的客廳，畫出一方不食人間煙火的清澈。

「我妹妹和妹婿的家。」葉雲貞的姐姐察覺了我的視線。

風間新平和我坐在對面沒有開口，以免破壞此刻室內神聖的氛圍。

葉雲貞的家是市郊一幢兩層樓的磚房，站在平安夜當天萊斯特停車的門前，首先看到車庫門前空地整齊排列的櫃子、花瓶等家具，每樣東西上面都貼了張超市傳單，上面用麥克筆草草寫個數字。五顏六色的傳單迎著微風噼啪作響，讓人想到華人在清明節時，在逝去親人墳丘上蓋墓紙的光景。

「我們準備搬家，一些帶不走的家具先處理掉。」葉雲貞的姐姐葉雲彩領著我們穿過前院，打開正門，客廳地上散置者十幾個打開或封上的瓦愣紙箱。

「搬到那裡？」風間新平問。

「南非，」她招呼我們繞過紙箱，坐在客廳中央的柚木扶手椅上，「當義工時認識的朋友有個農莊，先搬到那裡住一陣子，再考慮下一步該怎麼辦。」

葉雲彩比葉雲貞大五歲，大學畢業後，先後在阿富汗、巴基斯坦和衣索比亞的難民營擔任義工。面前的女子看上去大約三十多歲，尺碼略大的米黃色棉質上衣和牛仔褲，讓她帶著骨感的瘦高身形多了點男性的堅韌，加上曬成淡棕色的皮膚，瓜子臉和紮成馬尾的棕髮。看上去像隨時會跑到外面發動曳引機，然後到田裡收割玉米的農家女子。

但此刻戶外並沒有曳引機的聲音和柴油味，只有偶爾響起的車聲。陽光透過飄浮著塵埃的空氣映上紙箱，在木質地板劃下深深的暗影。

一個披薩盒大小，剪成圓形的紅色雙喜紙板倚在椅旁，葉雲彩順手撿起，在雙手間轉動。

「很難想像，是不是？」她一面把玩那張紙一面說：「三年前，這裡還堆滿了結婚要用到的東西，像照片啊，賀卡啊，印刷廠寄來的喜帖樣本啊──」

紙板上累積的灰塵揚了起來，她別過頭打個噴嚏，用袖子在臉上擦一下才回過頭。

「對不起。」我說。

「沒關係，」葉雲彩又擦了擦眼角。

除了我們三人坐著的柚木椅和茶几，室內僅存的家具，是壁爐上的十幾個相框。

風間新平踱到壁爐前，我跟在他身後。

一個年輕女子的身影在相框間跳躍，她的身形比葉雲彩嬌小纖細，微捲的淺褐色長髮，細膩白淨的鵝蛋臉配上大而明亮的雙眼，就像陽光般照亮了相框內狹小的空間。所有照片中都是她微笑、沈思、閒步和舞動的身影，彷彿這些相框都成了一扇扇窗，她在窗後張望另一面的訪客。

「我妹比較像我媽，我跟我爸長得比較像，」我回過頭，葉雲彩站在身後，「她在醫院工作時，很多病人都說，只要看到她，病就好了一大半。」

其中比較特殊的一幅，鑲在白瓷花瓶前的銀相框中。照片中的葉雲貞長髮挽成髮髻，身穿蕾絲裝飾的白色旗袍，站在纏滿葡萄藤蔓的花架前。一個身穿白色西裝，留著短捲髮和短鬚的高瘦男子站在她身後，右手繞過她的肩頭，與她的左手交握。

「原本我妹妹想把這張照片掛在婚宴現場，」兩行淚水悄悄從葉雲彩眼角滑下，「那時候里德開車帶我們到納帕谷，中午休息的酒莊花園裡，剛好有葡萄藤的花架，我還記得當時幫她梳髮髻——」

風間新平伸出右手，在葉雲彩面前展開手心。

掌心中有一方手帕。

他沒有回頭，「想哭就哭吧。」

「謝謝。」葉雲彩接過手帕，按住開始泛紅的雙眼。

風間新平一直沒有回頭，四周只有葉雲彩隱約可聞的啜泣聲。

「我曾經想把這些相片都收進箱子，」她過了一陣子才止住哭聲，「只不過——」

「沒辦法啊，」風間新平的聲音聽起來像在喃喃自語，「一想到就椎心，但愈椎心，回憶就愈清晰。」

葉雲彩點點頭，握著手帕的手拍了拍風間新平的肩頭，後者接下了手帕，「另外一個原因是，只要這些照片在這裡，我媽就會以為我妹妹還活著。」

「為什麼？」我問。

「那是因為——」葉雲彩正要開口，樓上一個蒼老的女聲打斷了她。

「雲彩，雲彩，樓下怎麼有人聲？是不是雲貞下班回來了？」

一個矮小的老婦站在樓梯頂端，用樹根般枯乾的雙手抱住扶手，顫巍巍地一步步下樓。她身上的紅色毛衣已經有多處綻線和褪色，白多於灰的頭髮宛如離土的樹藤，急著攀緣她枯瘦的雙頰和肩頭，儘管皮膚呈現失去血色的死灰，一雙眼睛卻反常地發亮。

「那位是——」我心中已經猜到了答案。

「我媽。」葉雲彩抓起那幅銀相框，朝樓梯奔去。

老婦人搖搖晃晃下了樓，口中不斷叨念：「雲彩，雲彩，雲貞回家了嗎？她人在那裡？我怎麼看不到？」

葉雲彩左手摟住老婦，右手將相框塞進她手中。

「雲貞回來了，媽，她回來了，」她的臉頰緊貼老婦的臉，彷彿要把所有的話，所有快樂的回憶都裝回她的腦袋裡，「妳看到了嗎？是里德送她回來的。」

老婦認清楚照片上葉雲貞和里德的身影，一把抱住相框。

「雲貞回來了，乖女兒，妳跟里德跑那裡去了？怎麼這麼久都不回來？」她抱住相框縮成一團，嘴裡不斷唸叨：「回來就好，回來就好。」

正門碰地一聲打開，一個右肩背著帆布袋，粉紅色制服外罩黑色外套的金髮女子跑了進來。

「對不起，」她剛站定，就朝葉雲彩鞠躬，「遇到塞車來晚了。葉媽媽在那裡？」

「沒關係，」葉雲彩望向懷中的老婦，「她在這裡，麻煩妳了。」

金髮女子左手籠住老婦，輕輕拍她的背。

「雲貞媽媽，今天好嗎？」她像哼歌似的輕輕唸道。

「好，好，」老婦抬頭看見女子身上的粉紅色制服，眼睛霎時亮了起來，「妳是雲貞的同事嗎？」
「是，我是，」她望向老婦懷中的照片，「雲貞在嗎？」
「在，在，」老婦朝相框說：「雲貞啊，妳的朋友來找妳。」
「雲貞媽媽，我們陪雲貞到樓上聊聊，好不好？」
「好，好，」老婦抱著相框，在金髮女子的攙扶下走上樓梯。
葉雲彩確定老婦回到樓上後回過頭，我順著她的視線轉頭。
風間新平雙眼微微泛紅，臉頰有兩道半乾的水痕。
「你——」葉雲彩說。
「不，沒什麼，」他用袖口在臉上擦了擦，「那位是——」
「我妹妹在醫院的同事，」她望向樓上，「每天這時候她們輪流來這裡陪我媽一個鐘頭，順便哄她睡覺，讓我有時間能夠休息，還有離家處理一些事情。」
「這種情況持續多久了？」
「三年前去聽審昏倒後就開始了，」葉雲彩說：「起初只是對著我妹妹的照片說話，當時我忙著處理後事和審判，以為媽只是單純想念雲貞而已。後來只要到當時萊斯特接雲貞上班的時間，媽就大吵大鬧，滿屋子找雲貞，還抱著那張照片喃喃自語。萊斯特在精神科當住院醫師的同學來看過媽。認為是——」
「解離型精神分裂症。」風間新平說：「進療養院長期治療，可能有機會痊癒。」
「我試過兩次，但是媽每次一進療養院，病況就會嚴重惡化。最後只能接她回來。後來醫院決定讓她在家治療，」她望向壁爐，「這裡至少可以看得到我和雲貞，除了雲貞的同事之外，萊斯特的同學每個月會來看診。」

「到南非的話——」

「約翰尼斯堡有間醫學中心，萊斯特的同學曾經在那裡的精神科實習，而且萊斯特的父親是心理諮商師，到時候和我們一起走。」她向已經轉暗的窗外瞟了一眼，「我要出門買些家裡要用的東西，能不能等我一下？」

「如果方便的話，能不能陪妳出去走走？」我說：「天色也晚了，多兩個人好歹安全一點。」

「也好。」

✉ ✉ ✉

「最近一次到市區是什麼時候？」葉雲彩側頭思索，「大概一個月前吧，那時我陪媽到醫院做健康檢查。順便辦些像拍護照照片之類的瑣事。」

「那麼久？」我說。

「自從法院宣判之後，整個家事實上停在雲貞出門的那天。」她望向前方，目光卻沒有焦點，「原本媽是市區一個婦女會的會員，每個禮拜不是到市區參加活動，就是邀朋友到家裡喝下午茶。萊斯特和雲貞也會帶同事或朋友到家裡烤肉，或是討論如何應付讀書會和每個禮拜要交的報告。我還記得有一年情人節，雲貞帶了醫院裡單身的女同事到家裡做巧克力，事後媽和她花了好幾個鐘頭，把桌上和爐台上不小心灑出來的巧克力清乾淨。」

說到這裡，她彷彿看見葉雲貞身穿圍裙，拿著抹布，站在爐台前打掃的樣子，格格笑了兩聲。

「但現在——」她的笑容陡地收了起來。

我們三人坐在公園邊緣的水泥塊路障上，離葉家大概一百公尺，身後的路燈從頭頂投下昏黃的光，在四周的黑暗畫出一個僅供容身的圓。透過上弦月冰冷的微光，可以看見幾個孩子，正在前方的遊樂場盪鞦韆。

我們來這裡之前，打電話回市警局打聽消息。警方已經確認布萊特收到的聖經是從市中心的郵局寄出，但是寄件者的身分還不確定。

「這一陣子，有沒有什麼人來拜訪過？」

「除了雲貞和萊斯特的同事，媽在婦女會的朋友外。你們是第一個。」

「辛苦妳了。」風間新平說。

「有時候我想這會不會是場夢？只要我爬上床，閉上眼睛，醒來時就回到難民營的行軍床上，雲貞的信就放在床頭。然後難民營的主管會說我工作太累，所以才會做惡夢。要不要回紐奧良休個假，順便看我妹妹的烹調手藝有沒有進步——」她閉上眼睛再睜開，嘆了口氣，「老實說，我要和你們道歉。」

「哦？為什麼？」

「我帶你們進屋時其實心裡盤算，如果你們和我說那個王八蛋的事，我就拿掃帚把你們打出去。」

「哪個王八蛋——」我突然會意，「哦，我懂了。」

「前一次審判進行時，每天都有記者上門，問我對妹妹和妹婿的死有什麼看法。」她將手上的汽水空罐用力一丟，鋁罐飛行了十幾公尺，掉進垃圾桶中。差點打中一旁撿拾垃圾的遊民，「他們還問我要不要考慮原諒那個王八蛋。有一次媽發病時，他們硬擠進屋裡拍媽發病的樣子，當時我把掃帚都打斷了。」

「太過份了。」

「你問我要不要原諒那個王八蛋？行，只要他讓我的妹妹和妹婿回來跟他對質，如果他們原諒他，我就原諒他。不然的話，這種人死一兩百次都不過份。」

「這一陣子，這種話最好不要常掛在嘴邊。」風間新平說：「說不定，真的有人想讓他死一兩百次。」

「只是沒人敢說出口。」我說。

「他們說那個王八蛋很可憐，難道我妹妹和妹婿不可憐嗎？」葉雲彩說：「我有時還會聽到我妹妹的笑聲，看到我妹妹的身影，好像她只是躲在某個房間，跟我玩捉迷藏一樣。老天爺，我該怎麼辦？」

「這樣很好啊。」風間新平說。

「什麼？」

「至少妳還看得到妳妹妹，記得她的笑容，她的身影。很多人連這些美好的回憶都已遺忘，只留下寂寞啃囓心靈。想想『咆哮山莊』的希斯克里夫吧，他對凱撒琳的愛磨蝕到剩下純粹的痛苦和煎熬，最後只能在暴風雨夜裡打開窗戶，哀求凱撒琳的靈魂帶他一起走。妳不想變成這樣吧。」他停了一下，「把這些美好的回憶記下來，就當做她真的跟妳玩捉迷藏，這樣日子會好過一些。」

「風間先生，你以前該不會也──」

「或許吧。」

前方遊戲的孩童群中響起一陣哭號，葉雲彩跳了起來，朝聲音的方向跑去。我們兩人跟在她身後。

排開四周的孩童，一個粉紅色洋裝裝束的小女孩坐在鞦韆前的沙地上，兩隻手按住左膝不斷抽泣。

「來，讓姐姐看一下。」她握住小女孩的手，膝蓋上有道五公分左右的裂傷。她從身旁的超市紙袋拿出瓶裝水扭開，把水全倒在傷口上。

「有紗布嗎？」她回過頭。

我打開腰上的尼龍袋，拿了塊紗布遞給她，她撕開外包，用紗布擦乾傷口。

「膠布和剪刀。」她將膠布剪成一段一段，在中央剪開兩個相對的V字形缺口，貼在小女孩的傷口上。

「蝴蝶膠帶──」我說。

「這樣撕下膠帶時，傷口就不會裂開，」葉雲彩將傷口合攏，貼上膠帶，「你以前學過？」

「以前在加州上過一個月戰傷急救和外科技術員訓練，」我說：「當時演傷患的教官一面按假血幫浦，一面像殺豬般鬼叫，把整棟別墅搞得到處都是羊血。」

「我是在阿富汗的難民營學的，不過傷患流的是真的人血，」她用手掌擦乾小女孩臉上的淚水，「妳沒事了，回家記得叫媽媽帶妳去看醫生。」

小女孩也伸出手掌，摸摸葉雲彩的臉頰。她笑了出來。

「謝謝。」望著孩子帶著小女孩回去後，她回過頭來，「今天謝謝你們，我回去了。」

「我們陪妳回去吧。」我說。

「不用了，」她搖搖頭，「我想一個人靜一靜，家就在前面不遠，而且雲貞就在我身邊。」

目送她走進道路盡頭的家門後，我轉向風間新平。

「還好吧？」

「你為什麼這麼問？」

「就像葉雲彩說的，你以前是不是也——」

「你想太多了，」他拍了拍我的肩頭，「先擔心我們自己吧。聽警長說，法院明天開始審理布萊特的上訴案，布萊特本人也會出庭。」

「皇室街的第四巡迴上訴法院，」我點點頭，「『教室與絞刑架』要在法院門口抗議，帕爾默要求只進行開審前的陳述，不傳喚證人。我正準備明天順便採訪傑弗里．沃納。」

「這麼簡單就好了，」他拿出一張摺好的傳單遞給我，「明天還有另一個團體，要在法院門口辦活動。」

我打開傳單，眼睛霎時被頂端的銜頭吸住了。

「哇，真的吔。」

✉ ✉ ✉

一個男子正拿著槍朝我扣下扳機，嘴裡還發出子彈的呼嘯聲。

「噠噠噠……噠噠噠……」

回到一年前，根據警方的射擊準則，我會朝對方的心臟開兩槍，等對方倒地之後，再瞄準他的腦袋補一槍。

但是今天不行。

朝我開槍的男子看上去只有六歲，他手上的槍，是黑色長條汽球紮出來的玩具。

不過圍著法院戒護的警員，多少都面對我剛才的抉擇時刻。小孩和少年拿著假槍對準他們時，可以瞥見不少人的眉角微微顫抖。

站在法院門口階梯的馮傑姆副警長瞥見我，隨即跑上前來。

「要是讓我查到誰批准這個活動，」他貼近我的耳邊大喊，好蓋過周圍嘈雜的人聲，「我一定要宰了他。」

「這傢伙還真是天才，」我也在他耳邊扯大嗓門：「竟然批准來福槍協會在這裡遊行。」

州立第四巡迴上訴法院是四層樓的白色大理石建築，從上空鳥瞰，可以看見工字型的建築緊鄰皇室街，布雜藝術風格的正面，讓羅馬圓拱撐起希臘群柱和裝飾繁複的屋頂。後半部還能看見突出的側廳，在建築物筆直的外牆動線畫出優美的半圓形。

來福槍協會遊行的群眾擠滿了法院周圍的街道，每個人手上都拿著汽球紮出來的假槍、五顏六色的玩具槍和瓦斯槍，頭上飄著『開放全自動武器』的標語和約翰．韋恩牛仔造型的巨幅海報，還有做成M-16步槍造型的汽球，隨著人群緩緩前進。

四周除了人群的鼓噪外，間或響起一兩聲鞭炮、拉炮和煙火的爆炸聲。或許我太過神經質，但其中有幾聲聽起來，是貨真價實的槍聲。

「『開放全自動武器』什麼的，恐怕只是幌子，」副警長帶我擠到法院正門的屋簷下，「反對廢除死刑一向是來福槍協會的立場，怎麼會放過他們。」

『教室與絞刑架』的群眾退到人行道和法院正門間，以首席大法官懷特銅像為中心的狹長區域，靠著台階和制服員警組成的鬆散人牆阻擋人海。他們身穿白色T恤和牛仔褲，手裡舉著標語和繫在絞刑架上的稻草人，坐在門口的石板地上，每個人都抿緊嘴唇，不發一語。

「布萊特呢？」我們。

「在法院裡，才開審不久，」副警長朝法院內撇撇頭，「知道『教室和絞刑架』來抗議，我們一早就帶他過來了。」

「假如『集郵者』混在人群，等布萊特出來後給他一槍——」

「不可能。」副警長說。

「你那麼肯定？」

「裡面至少有二三十把真槍，看在能賴給『集郵者』，布萊特絕對會被打成蜂窩。怎麼可能只有一槍？」

我拍拍他的肩膀，走下台階，掃視靜坐在石板地上的每一張臉，不用多久，我就找到了今天採訪的目標。

傑弗里．沃納坐在銅像下，白色T恤套在他瘦弱的身形上顯得有點大，花椰菜似的黑色鬈髮、尖削蒼白的臉龐加上圓框的學究眼鏡，讓他看起來像大學研究室的研究生。

「傑弗里．沃納先生？」我走到銅像前。

他抬起頭，「前鋒新聞的霍先生？」

「你認識我？」

「帕爾默先生有提起你。」

「方便耽誤你幾分鐘嗎？」

「如果你答應不拍照的話，我很樂意。」他拍了拍身旁的石板地。

我解下脖子上的相機交給沃納，在他身旁一屁股坐下。

「抱歉，因為我常到監獄、法院搶救死刑犯，如果被認出來，可能會帶來不必要的麻煩。」

他拿起相機，透過觀景窗窺視前方不斷流動的人群，再端放在膝上，「你怎麼認出我的？」

「你的鬈髮。」當時喬光漢提醒過我，傑弗里．沃納不喜歡拍照，所以警局檔案中並沒有他的照片，「看到今天這個情況，會不會考慮把案子移到州內其他地方審理？」

「有必要嗎？我認為不會有影響。」

「儘管『集郵者』說要讓他生不如死？」

「『集郵者』只能代表部分受媒體操控，沒有獨立思維的民眾，」沃納說：「我們相信大多數人仍然具有思考能力。這次上訴不止為了維護布萊特的基本人權，也為了給大家思考生命意義的機會。」

「我昨晚才聽到有人親口告訴我，這種人死一兩百次都不過份。」

「布萊特的命只有一條，」他說：「會輕易說出『死一兩百次都不過份』這種話，是因為他沒有殺過人。

「以我來說，我的父親曾是拉法葉市州立監獄的獄警，」他吸了口氣，「他負責的區域是死囚牢房。」

「也就是說，令尊的工作是看管死刑犯，還有——」

他點點頭，「小時候不知道父親的工作是執行死刑，總覺得他一加班超過午夜，回家時脾氣就特別壞，常常喝酒喝到天亮。我在床上聽到他對我媽大吼大叫時，都嚇得拿被子蓋住頭，心裡直唸：趕快睡著，趕快睡著，醒來就沒事了，醒來就沒事了。直到長大後才知道，他當時之所以酗酒，是因為一閉上眼睛，眼前就浮現剛處決犯人的臉。」

「令尊現在——」

「已經過世了，」他頓了一下，「我唸大學的第一年，父親在一次午夜執行死刑後回家，他沒有拿起酒瓶，而是解下腰上的皮帶，在廚房的門框上吊。

「獄方認為我父親的死是職業傷害，撥了一大筆撫卹金。母親早在幾年前就因病過世，我就決定把錢存下來，半工半讀唸完大學。『教室與絞刑架』的運作經費中，有一部分來自那筆撫卹金。」

法院對面的旅館屋頂星星般閃了一下，我抬起頭。

「怎麼了？」沃納問。

「不，沒什麼。」我說。

「或許有人認為『殺過人』這個名詞太過於尖銳，但當年我最大的感想是，殺掉一個人對當事人而言，是非常沈重的負擔。」

「布萊特顯然並不曉得。」

「他不知道，」他說：「你對不知道的學生，是要開除他？還是想辦法教好他？」

「這次上訴，你們還是主張布萊特無罪？」

「我們只是透過審判告訴社會大眾，司法在蒐證和審判上有很多問題，無法支持一個不能恢復的刑罰。」

「即使布萊特真的有罪？我們討論的可是二十幾條人命。」

「即使他真的有罪，死刑說穿了，不過是用『錯』的方式，來回應他『錯』的行為。就像你因為孩子拼字不及格就拿皮帶抽他，他學到的是把拼字學好，還是用皮帶抽人可以叫人聽話？」

「那一種刑罰不是這樣？」我說：「監禁、罰款什麼的，換成一般老百姓來做，不也是『錯』的行為嗎？」

旅館屋頂又閃過光點。我瞇起眼睛，屋頂平滑的線條上，有個芝麻大小的突起。

「呃……沃納先生，謝謝你接受採訪。」

「不客氣，」他把相機還給我，「有什麼問題嗎？」

「可以給你一個建議嗎？趕快把你的人帶走。」

我說完就擠出靜坐的人群，朝法院門口的副警長跑去。

「布萊特人在那裡？」我問。

「後門，」副警長望了法院內一眼，「審理剛結束，我們正要送他回監獄。——出了什麼事？」

「對面旅館屋頂上有狙擊手，」我一面說，一面擠進法院外的人行道，「想辦法疏散群眾，另外派人到旅館屋頂，記得帶槍。」

沿著環繞法院的人行道擠向後門，附近建築屋頂上還有三至四個相似的黑點。一個拾荒者和他裝滿家當的推車，被遊行群眾擠到緊貼圍繞法院的雕花鑄鐵欄杆，我用身體護著他，左手拉住推車，慢慢挪到後巷。

「您先在這休息一下。」我扶他坐在法院對面一幢建築門口的階石上。

「謝謝。」或許是擠在人群中太久，他的話聲嘶啞難以分辨。

法院後巷停了輛黑色的四輪驅動車，警長和一名員警正帶著上手銬的布萊特鑽進後車廂。第一個看見我的，是站在一旁的風間新平，「有找到沃納嗎？」

「忘掉沃納吧，我們有麻煩了，」我跑到車旁，「四周屋頂都有狙擊手，我剛才算了一下，至少有四個。」

「別擔心，」喬光漢抬頭張望四周，「車子是防彈的，從這裡回監獄，不會超過十五分鐘
──」

他話剛說完，角落建築屋頂的黑點爆出一串光點，夾雜火藥的爆炸聲。

四周的群眾也跟著點燃手上的爆竹和煙火，數不盡的閃光和爆炸聲瞬間包圍法院，宛如國慶和中國新年的慶祝景象。

我抽出腰間的九毫米手槍，朝角落的黑點開了兩槍，黑點消失在建築屋頂的輪廓下。

警長推著布萊特擠進後座，我朝他肩頭推了一把，確定塞進車內後，順手甩上車門。

風間新平坐進駕駛座發動車子，引擎傳來低沈的轟鳴。

「你不是說不會開車嗎？」我繞過車頭，跳進助手座。

「是『沒有辦法』，不是『不會』。」

「媽的，那有什麼不同？」

「你說呢？」他微微一笑，放開剎車。

車子像被巨人踢了一腳，向前暴衝了一百公尺，我聽見所有人頸椎猛向後仰的喀啦聲。

巷口的遊行群眾看見車子迎面衝來，連擠帶推空出一個缺口。穿過人群時，可以看見窗外好幾張驚惶的臉。

「那裡走？」風間新平問。

「左轉，」警長左右張望，「車頂上的警笛呢？」

「車子彈出去時，就掉在法院門口了，」我轉向風間新平，「拜託，你以為在開火箭嗎？」

「知道我為什麼沒辦法開車了吧，」他轉動方向盤，我整個人擠到車門上，「公司收到的超速罰單太多，上司把我的車鎖在車庫裡，不准我開車出門。」

「如果我是你的上級，我也會把你的車鎖在車庫裡。」因為車速太快，車子正不停抖動，就像坐在建築工人的風鑽上。

至於我們的乘客布萊特，打車子衝出法院就一直拍手、吹口哨和大笑。彷彿他坐在狄士尼樂園的海盜船上，而不是警車。

左轉後兩旁浮現褐石建築風格的磚屋，其中一幢的煙囪底端有個不停閃著槍火的黑點，我瞄準黑點開了一槍。

「槍法不錯。」看見黑點消失，風間新平扳動方向盤，車子左轉拐進另一條路。

「看樣子，回家的路上也有狙擊手。」我說。

警長從後座接過車上無線電的麥克風，「我找直升機過來支援。」

「還有請勤務中心控制燈號。」風間新平轉過方向盤，兩旁換成灰撲撲的水泥建築。

「以你的開車技術，紅燈或綠燈沒什麼差別。」我開槍射下一個黑點。

前方的交通燈轉紅，我們的駕駛猛踩油門，穿過車陣的縫隙。

路口另一頭的建築掛滿市招，層層的招牌、廣告看板和旗幟間，有個只露出頭的人體和槍管，藏在防火巷的汽油桶後。

我伸出槍扣下扳機，那顆頭往後仰倒，和槍一起掉在汽油桶後。

「下個路口轉彎？」風間新平問。

「嗯。」

警長拿著話筒，通知發現狙擊手的地點。

我們在市區一直繞路躲避攻擊。對方看到車就開槍，時機掌握得不算好，但人數非常多。每開過路口或巷弄，就在某個屋頂發現一個閃著槍火的黑點，或是在牆角、防火巷、甚至空屋窗口，發現用黑布和城市迷彩偽裝的人體。最後我只是機械性地重複尋找目標、開槍、目標倒下的流程，就像裝配線上的工人。

眼前出現監獄的灰色圍牆時，腰帶上的四個彈匣已經用完。

車子開進圍牆，在監獄門口停下。兩名獄警迎上前來，從警長手中接過還在大笑的布萊特。風間新平和我下車時，車子的引擎蓋縫隙正冒出絲絲水氣。

「你平常都這樣隨身帶槍？」他開口說。

「刑警時的老習慣，」我聳肩，「以前老鳥還要求連睡覺、上廁所都帶著，這樣可以習慣槍的體積和重量，必要時也比較不會讓人看出來。」

車上的無線電響起副警長的聲音：『警長在嗎？』

喬光漢抓起話筒，「法院那邊情況如何？」

『沒人受傷。』副警長說：『法警和同事把『教室和絞刑架』的人全拉進法院，直到遊行群眾解散後，才讓他們離開。』

「有沒有找到狙擊手？」

『我們根據直升機標定的位置，找到三十幾個狙擊手的隱藏點，』副警長停了一下，『每個隱藏點都找到狙擊手和槍，霍先生的子彈都直接命中頭部。』

警長回過頭來，「知道嗎？你可能是少數成功用手槍反制狙擊手的人。而且不是一個，是三十個。」

我雙膝一軟，坐在車門踏板上。除了安心，不久前在槍火下瞄準、射擊的記憶，讓還握在手上的槍異常沈重。

我望向風間新平，「『集郵者』會找三十個人殺掉布萊特？」

他搖搖頭。

警長拿起話筒，「遺體有沒有可以辨認出身分的？」

『沒有，呃……』副警長的聲音遲疑了片刻，『狙擊手全都是假人。』

「什麼！」我唬一下跳了起來。

『全都是用賣場模特兒改裝的假人，槍也都是裝上煙火或空包彈的假槍，上面裝了無線電收發器和定時裝置。』

「定時裝置設定在審判結束，時間一到，就啟動無線電收發器。」風間新平說。

「收發器是為了——」警長問。

「除了以遙控控制，收發器可能調成和警方無線電相同的頻率，我們為了和勤務中心回報位置，車上的無線電一直都在發話狀態，只要發話源接近到一定範圍，就會自動擊發子彈。」

「也就是說——」

「沒錯，我們又被耍了。」

「該死。」我忍不住踢了前輪一下，車內馬上響起防盜系統尖銳的蜂鳴聲。

「把那些假人交給鑑識科，檢查上面是否有毛髮、指紋之類的跡證。」風間新平說：「而且三十個假人和假槍體積不小，和居民打聽一下，應該會有新的線索。」

警長點點頭，拿起話筒。

「到底誰這麼無聊？」我問。

「如果要我猜，我認為有人想救布萊特。」風間新平說。

「為什麼？」

「從法院回來時，他的反應就像逛兒童樂園一樣。除非他真的像帕爾默在法庭上所說，是心神喪失的瘋子。要不然他應該早就知道狙擊手是假的。所以才一點都不害怕。」

「問題是——」

「誰會花那麼大的心力救一個強暴犯？而且要救布萊特直接下手就好，為什麼要安排兩次假的伏擊事件？」

「如果是『集郵者』——」

「以『集郵者』的立場，他為什麼要和布萊特合作？」他敲敲引擎蓋，「我要找一個人談談，要不要跟我一起去？」

「找誰？」

「醫生。」

阿莫斯．里德應門時，領子上戴著一副聽診器，灰色膠管末端的聽診頭，塞在襯衫胸前的口袋。

✉ ✉ ✉

「里德先生，呃……」我說。

「哦，你說這個，」他連忙拿下聽診器握在手裡，「剛剛整理萊斯特的東西時，翻出他的聽診器，不注意就戴在脖子上了。這邊請。」

萊斯特的家是法國區一幢三層樓的紅磚屋，門前用鑄鐵鏤空欄杆圍出一方小草皮，欄杆上的包銅招牌用黑字寫著：『阿莫斯．里德，兒童心理諮商』。

進門後是偪促的玄關，角落的衣架掛著一件白袍。

「是萊斯特的，」他打開左手邊的門，「我一直沒時間收拾，都維持當年他出門時的樣子，好像他隨時會回來一樣。——診所在這裡。」

萊斯特父親工作的地方大概三米見方，靠窗有張堆滿文件和紙筆的大書桌，來客可以坐在正對辦公桌的扶手椅，或是一旁的絨布沙發上，四周牆面上貼滿了兒童塗鴉，鮮紅色的長毛地毯和壁爐，讓房裡的氣氛溫暖而安靜，從對開窗朝外望，可以看見前院和窗台上的聖誕紅。

辦公室的主人是位中等身材的初老男子，梳成右分頭的灰白短髮、微長的方臉配上老花眼鏡，和想像中安閒穩重的英國紳士不謀而合，合身的襯衫、西裝褲和鐵灰色的毛線背心，無形中更加深了這個印象。

「『兒童心理諮商』是指——」我問。

「協助家長解決一些小孩心理的小症狀，像夢遊、尿床之類的，」阿莫斯在辦公桌旁的高腳椅坐下，「我們的工作介於教師和心理醫師之間。家長遇到孩子有情緒、學習或心理上的問題，還沒嚴重到要找心理醫師時，就帶孩子來找我們，遇到像過動兒、躁鬱症之類比較嚴重的孩子，我們會轉介給心理醫師。萊斯特或許也因為一直接觸小孩，才選擇小兒科。」

辦公室裡的壁爐和葉家一樣，擺滿相框和立起來的卡片。戴著小丑的尖帽和紅鼻頭，聽診器上纏滿小泰迪熊和無尾熊的萊斯特，正對著相機鏡頭咧嘴大笑。

「萊斯特剛到醫院住院見習時分發到兒童病房。當時葉小姐正好也在同一個病房實習。我還記得他回家時幾乎樂壞了，一直說實習第一天就能遇到這麼漂亮的同事，說不定是個好兆頭。」

「這些賀卡是病患寄來的嗎？」

「大部分是，」他走到壁爐前，指著其中一張上面用水彩畫出椰子樹和沙灘的卡片，「像這張是去年聖誕節時，懷斯曼老先生寄來的，他的家族一次大戰前，就在佛羅里達基維斯附近的一個小島經營旅館，他當時寫信要我到他的旅館過新年。」

除了相框和卡片，壁爐上還有幅鑲在木相框的黑白照片，裡面是拿著雪茄的西格曼·佛洛伊德。

「這張照片是診所的護身符嗎？」我問。

「沒錯，」他坐回高腳椅，「我大學唸得不太順利，教授就送這張照片給我。每次看診有問題，就看著它思考病情。說是護身符也不為過。」

「聽說您要和葉家一起走。」風間新平說。

阿莫斯頷首，目光移向角落一只深棕色的皮質旅行袋，「後天上午九點半的飛機。」

「這間房子和診所——」我說。

「全留給學生了，」阿莫斯說：「不看診的時候，我在杜蘭大學的心理學系指導研究生。上個月最後一個博士生的口試通過時，我把簽好字的轉讓契約跟權狀送給他，當做給學生的畢業禮物。」

「為什麼——」

「不需要了，」他笑了笑，「而且和葉家人一起，彼此都有個照應。」

「到了南非，有沒有什麼打算？」風間新平問。

「當地醫院的兒童病房需要心理諮商師，多虧一個朋友介紹，院方問我有沒有興趣。」

「不過要看護葉太太，一路上可能會很辛苦。」

「葉太太的病沒有特效藥，」萊斯特的父親為我們加了茶，「唯一的藥是等待，還有希望。」

「等待——還有希望。」這不是『基度山恩仇記』的結尾嗎？我心想。

「我年輕時很喜歡『基度山恩仇記』。昨天晚上整理雜物時翻了出來，就坐在門口樓梯上讀到天亮。」

「不過很多人覺得其中的報復思想過於強烈，」風間新平啜了口茶，「特別是某些人權團體。」

「書裡談得更多的是愛、寬恕、包容。」阿莫斯停了一下，「還有光靠死刑，是絕對無法慰藉受害者的。」

「有您同行，對葉家說不定是件好事。」

窗外響起細瑣的剪草聲。

「明天一大早要移交房子，找人來修剪草皮。」阿莫斯望向窗外。

風間新平放下茶杯，「我們先告辭了，謝謝您的茶。」

阿莫斯送我們出門時，我看見門口有部超市推車，一個披著殘舊草綠軍用大衣的人蹲在地上剪草。

「這幾天市區內的遊民好像變多了。」我說。

阿莫斯點點頭，從背心口袋拿出一個信封遞給遊民，「麻煩把草皮再修剪一下，謝謝。」

我們離開時，遊民把信封揣入懷中，正拿起插在地上的大型剪刀。

✉ ✉ ✉

入夜之後，法國區的店家點亮裝飾在門口和欄杆上的彩燈，白天刷上五顏六色，古意盎然的灰泥牆面霎時布滿星座，閒步其間的遊客四周全是不停閃爍的星斗，彷彿飄浮在銀河之間。

「採訪沃納還順利嗎？」風間新平問。

「還好。」我大致描述了早上和傑弗里．沃納談話的內容，「早上你在裡面旁聽？」

他點點頭，「只有律師和檢察官討論審理流程。如果說什麼特別的，只有布萊特聽到承審法官的名字時先是一愣，然後爆出大笑。」

「那個法官的名字是——」

「霍普．奎特曼（Hope Quitman）。」

我噗地一聲，笑了出來，「你在開玩笑吧？他真的叫這個名字？」

「不，應該是：『霍普．奎特曼閣下』。」他嘴角微微上揚，「後來聽法警說，只要被告在場，他都儘量不放名牌，以免影響對方心情。」

「說不定布萊特認為這只是個玩笑，而不是什麼壞兆頭。——咦，那是什麼？」

前方有四五個身穿卡其布上衣和牛仔褲的黑人大漢，正圍著石板路上的某個東西拳打腳踢。『那個東西』是個瑟縮成一團的人體，有一頭花椰菜似的黑色鬈髮。

我跨步往前狂奔。

「出了什麼事？」身後傳來風間新平的聲音。

「你不是問傑弗里．沃納嗎？」我指向石板路，「他就在前面。」

我們趕到時，背對我的大漢從地上撿起一根鋼管高高舉起，準備朝地上用力揮下。

我抓住鋼管末端，對方回過頭。

「夠了，」我直視他，「他只剩半條人命了，用不著那麼過份吧？」

「滾開！少管閒事。」他用力搖動鋼管，發現紋絲不動之後，一個肘錘襲向我肋旁。

我膝蓋頂住他的後腿，他整個人往前仆倒。我用膝頭頂在他的脊梁上，右手奪下鋼管，左手抽出槍。

另一名大漢朝風間新平揮出一記直拳，他握住對方手腕一扭，一聲『喀』的脆響，大漢托著已經扭轉的手腕跪在地上。

「我——我——的手腕——脫——脫臼了。」他的聲音斷斷續續的，還夾著哭音。

「如果他加點力，就不止手腕脫臼而已了。」我望向風間新平，「太極拳的纏絲勁？」

「你很識貨，」他退到沃納身旁，「別玩了，他們找幫手來了。」

從兩旁的巷子湧出數十名大漢，圍住我們三人。

「別以為有槍了不起，」人群中響起一個聲音，「我們少說有三十幾個，我就不相信你們能活著走出去。」

「哇，我好害怕喔，」我背對風間新平，把奄奄一息的沃納夾在中間，「連三百個人都不是我的對手，三十個人算什麼？」

「三百個？」身後傳來風間新平的聲音，「你是去幼稚園搶小孩的棒棒糖嗎？」

「要不要賭賭看？我們比誰打倒的人多，輸的人明天早上請客。」

「沒問題，」身後傳來清脆的『喀喀』兩聲，「因為輸的人是你。」

對方號稱有三十幾個，但連撐五分鐘都不到。

風間新平和我都打倒了十五點五個，非整數的部分，是因為有個人同時挨了我的側踢和風間新平的直拳。說到有什麼傷害，某個討厭鬼的指關節擦過我的眼角，現在還在隱隱作痛。

石板路上躺滿了人體，我蹲在沃納身旁，濃烈的酒氣竄入鼻腔。

「喂，喂，」我輕拍他的臉頰，「你還好嗎？」
「哦……」他慢慢睜開眼睛，「你……你也要……打我嗎？」
「醒醒，我們早上才見過面，記得嗎？」
「我……我……我只不過……不過撞到……撞到你而已，不要……不要打我。」他頭一歪，又睡倒過去。
風間新平蹲在我對面，「他應該喝醉撞到這夥人，引發了爭執。」
「幸好，人還活著。」我正準備扛起他，只聽到身後急促的腳步聲，還有風間新平的聲音：「小心！」
背後傳來布帛撕裂的聲音，我回過頭，一名大漢呆站在身後，手上握著一把前臂長的獵刀。
我摸摸背後，衣服被獵刀劃開一條筆直的縫。原本他手上的刀鋒不止劃破衣服，還會切開皮膚，肌肉，直達深處的內臟。
但是並沒有。
我收回手掌，發現上面包覆一層半透明的紅色光暈，在皮膚上像火燄般不停跳動。
天啊，又來了。
「這是我最喜歡的一件襯衫，」我站起身轉向持刀的大漢，「你膽子不小嘛。」
大漢手中的刀不停打抖，似乎隨時都會掉落。
我握住刀身，對方尖叫一聲放開了刀。整把刀燒得滾燙，泛出櫻桃般的鮮紅光澤。
「趁我沒改變主意前快滾，」我說，「如果你還想活到明年過生日的話。」

對方遲疑一下，頭也不回地鑽進巷子。
我看看手掌，紅色光暈已經褪去，「我想他們應該走了。」
「剛才那是——怎麼回事？」風間新平問。
「沒事，」我擺了擺手，「幫我扛這個傢伙到醫院吧。」

✉ ✉ ✉

「都是外傷，休息一下就沒事了。」
我走進急診室時，聽見身穿粉紅色制服的護士說。
「謝謝，」向護士道謝後，風間新平轉向我，「看來，我們要趕快幫你找件衣服。」
送沃納進急診室時，值班的實習醫師借了件白袍給我，過大的白袍加上裡面的內衣，看上去就像睡到半夜被人叫起來的憔悴模樣。
「不用了，」我說，「能不能找根牙刷？叼在嘴裡，看起來更像。」
風間新平拍拍我的肩頭，我們在急診室門口的長板凳坐下。
「剛才那是怎麼回事？」風間新平問。
「硬氣功，」我聳肩，「以前和來訪的大陸武警學的。」
「全身發紅光的硬氣功？」
「是啊，萬一找不到工作，至少能進馬戲團混口飯吃。」我說：「看不出來，你的身手滿不錯的。」

「我在加拿大的牧場長大，出外放牧和趕牛到市場時，什麼狀況都可能發生，所以小時候家人教了幾手應變。」他說：「你的功夫應該也不光是從警校學的。」

「我常說自己學的是『百家道』，」我笑了笑：「以前在市警局接待各國警方時東學一點，西抄一些。另外父親過去是西岸的近身格鬥冠軍，現在有時回家還會和他討教兩招。」

「你家鄉是在——」

「阿拉斯加的育空地區，父親二十幾年前退休後，在那裡開了間交易站。我從小就和他學拳，但直到現在，他還是認為我的功夫不夠好。」

「哦？」

「有一次我問他：到底我要學到什麼時候，你才會點頭？他的回答是：等你聽到霜降的聲音為止。」

「聽到霜降的聲音？」

「三十年前，一個在擂台上打敗他的老先生告訴他的，他花了十年才想通，並靠著這個拿到冠軍。不過呢，當我繼續問下去時，他就不說了。」我揮揮手，「別提這個了，我們抬過來的那條大魚呢？」

「我透過警局聯絡帕爾默，他剛剛打電話來，說等一下接他回去。」

傑弗里．沃納躺在急診室的觀察床上，儘管雙眼緊閉，單薄的身子仍不停輾轉，似乎睡得並不安穩。

『凱倫……凱倫……原諒我……』走到病床前，還能聽到他在喃喃自語。

「為什麼他晚上跑到法國區喝得爛醉？」風間新平手指輕輕叩著前額。

「身為執行長，也有很多不能跟外人吐露的苦水吧。」我說。

「他口中的『凱倫』到底是誰？」風間新平停了片刻，就朝急診室的櫃台走去。

「對不起，我是市警局的警官，麻煩讓我看一下那位先生的物品。」

「你是警官？」櫃台的值班護士瞄了他一眼。

「我才借你們的電話和警局聯絡，記得嗎？」他補上一句：「如果您不放心的話，可以在櫃台前看著。」

「呃……好的，請您等一下。」護士走進內間，拿了一只淺綠色塑膠盤放在櫃台上，裡面有串鑰匙和男用錢包。

他拿起男用錢包打開。

「喂，你在做什麼？」我湊近他低聲問道。

「哦，我在詢問他。」錢包裡有疊百元美鈔、駕照、信用卡，還有一小疊名片。

他拿起名片一張張翻閱，最醒目的是雨果．帕爾默厚敦敦的『護身符』，其他大部分是東岸飯店和旅館的名片。

「看樣子，他大概整個東岸都跑遍了。」我說。

最底下的一張，背景是藍色的天空和椰子樹，上面的名字是『邁阿密海景酒店／魯本．懷斯曼』。

「海景酒店?聽起來像是度假飯店。」我說。
「他應該不是到那裡度假的。」風間新平說。
「為什麼?」
「如果是度假，為什麼跟對方要三張名片?」他展開三張一模一樣的名片，像拿在手中的一付牌。

✉ ✉ ✉

我們睡在急診室的長板凳上，醒來時已經是早晨，護士正推著換藥車穿梭在觀察床間，為病患換藥和注射。
張望四周看不見風間新平的人影，觀察床上的傑弗里·沃納也不見了。
「你們睡下後不久，一個叫帕爾默的律師把他接走了，」護士拿出一個塑膠袋，「你的朋友才走不久，臨走前要我們拿這個給你。」
袋子裡有件超市的廉價T恤，還有張字條：
『到邁阿密一趟，不久後回來。風間新平。』
換上T恤後，口袋裡喬光漢借我的呼叫器響了起來。
用急診室的公用電話撥通警局，一接通就聽見喬光漢的聲音：
『沃納的事我聽說了，你還好吧?』

「除了損失一件上衣之外，其他都還好。」我說：「怎麼這麼早Call我？」

『『集郵者』自首了。』他說：『現在人在局裡，要不要過來看看？』

半個鐘頭後，我站在紐奧良警局偵訊室的單面鏡後。

「他的名字是塞西爾．芬克，華盛頓大學工學院的教授。」警長在我身旁說。

單面鏡另一頭的木桌後，坐著一個身材矮壯的中年男子，低垂的頭掩蓋了他的表情，但蓬亂糾結的灰髮，腮邊隱約可見的絡腮鬍，殘舊的毛線背心。都在訴說對方生活的困窘和鬱悶。

「等等，我好像看過這張臉。」我把臉貼在單面鏡上，腦海中的影像如同拍立得相片，在眼前緩緩浮現。

昨天早上我擠到法院後門時，把一個被擠到欄杆的拾荒者帶到法院後巷。

下午拜訪阿莫斯．里德時，里德家門口修剪草皮的遊民。

我們和葉雲彩在公園談話時，差點被汽水罐打中的遊民。

我和雨果．帕爾默打籃球時，水泥管下撿拾空罐的遊民。

這些人的影像逐漸重疊，與木桌後的男子合為一體。

「我見過他。」

「過濾郵局監視器記錄後，那本聖經是他寄給布萊特的，」聽完我的描述後，警長點點頭，

「市中心有人在開庭前一天晚上，看見他拉著載滿東西的超市推車在街上，車上的東西堆得很高，還用塑膠布蓋起來，應該就是我們碰到的假人和假槍。他自己也供稱那張明信片是他寄的，化裝成遊民在當事人四周，目的是為了蒐集相關的資料。」

「他為什麼要這樣做？」

「據他說一年半之前，他的獨生子和妻子在西雅圖坐校車上學時被炸彈炸死。從此之後，他就無法原諒藉人權團體減刑的重刑犯。不久前他從報紙上知道人權團體準備幫布萊特上訴，碰巧他以前聽過『集郵者』的事，於是冒充他寄了那封信，準備給布萊特一點教訓。」

「一點教訓？」

「他說並不想殺掉布萊特，只是想嚇嚇他。但布萊特的反應出乎他的意料之外，加上自忖警方遲早找到他，才會考慮自首。」

我瞥了塞西爾．芬克一眼，「他會被判幾年？」

「他只不過讓布萊特演足了猴戲，搞得整個紐奧良雞飛狗跳。大概幾百小時的社會服務吧。」警長伸了個懶腰，「對了，那個司法部的研究員今天一大早找我，和我打聽一個人就走了。」

我腦中跳出一個名字，「魯本．懷斯曼？」

「你怎麼知道的？」

「我們昨天查到的，這個人是——」

「他是邁阿密一家酒店的職員，家人在佛羅里達已經開了半個世紀的飯店，他在那家酒店可能只是累積經驗。女朋友也是同一家酒店的員工，原先預訂一年前結婚，不過兩年前女方被性侵後殺害。從此之後就一直單身到現在。」

「他女朋友的名字是——」

「好像叫凱倫，凱倫．費南多茲。——有什麼問題嗎？」

「昨天傑弗里．沃納喝得爛醉，一直在念凱倫的名字。我想他會不會認為——」

「這個名字很常見，」警長笑了笑，「事實上，帕爾默今天開了道難題。布萊特明天早上想在監獄開一個記者會，他問我能不能請獄方協助。」

「為什麼是明天早上？」

「葉家和萊斯特的父親明天要移居到南非，或許為了向他們致歉。」警長冷笑一聲，「對某些心腸軟的法官，因為代表嫌犯真心悔罪，說不定可以少判好幾年；即使沒效果也可以反咬我們一口，說他們根本沒認罪，是我們強迫他們道歉的。不過這種肥皂劇通常只會在法庭演給法官看，會大張旗鼓開記者會，倒是很少見。」

「你會答應嗎？」

「傑弗里．沃納拿言論自由權壓我，我沒有選擇，」警長說：「幸好『集郵者』在我們手上，我們會暫時拘留他，等記者會過後再交保。應該不會出什麼亂子。」

「希望真的如此。」

✉ ✉ ✉

隔天早上我走進警局後方的監獄時，前院停滿了電視台的轉播車。

大廳的獄警確定身分後，在我手背蓋上紫外線證章，入口旁的獄警打開淺綠色的鐵門，喬光漢等在鐵門後。

「你來得正好，」他帶我穿過囚犯報到的小廳，坐進電梯，「記者會十分鐘後開始。」

我瞄了手錶一眼，八點五十分。

記者會在監獄頂樓的小會議室，裡面淺灰色的鐵摺椅排滿大部分的空間。最深處有張鋪上紅絨桌巾的長桌。電視台在後方架起一部部攝影機。頭戴鴨舌帽的工作人員正不停在室內外來回奔跑，手上抱著各式各樣的機器。

警長打開旁邊一扇灰色的鋁門，各種大小的監視螢幕佔據一整面牆，室內橫著一張放滿咖啡紙杯和菸灰缸的長桌，七八個人坐在散置房間各處的鐵摺椅上，盯著面前的監視螢幕，還有角落的三部電視機。

「其中兩部接到新聞頻道，他們正在機場採訪葉雲彩和阿莫斯．里德，」他瞟向電視機，「另外一部接到塞西爾的拘留室。」

電視裡的塞西爾坐在鐵床上，低著頭。

「你擔心他逃獄？」我說。

「總要做好一切準備。」

另外兩部電視中，映出身穿黑色套裝的葉雲彩。

『我不懂，為什麼你們今天會來採訪我們？』她右手抱著緊摟銀相框的葉太太，臉上露出冷笑。

『因為兩位是——呃——』記者的聲音吞吞吐吐。或許他寧可回到七百年前訪問帖木兒，也不願面對這個女子。

『被害者家屬，是不是？』她的臉突然塞滿畫面，『你搞錯了吧？這幾年你們不是說牢裡的那個才是被害者嗎？怎麼今天想到我們了？』

『好了，葉小姐，』阿莫斯．里德拍拍葉雲彩的肩膀，『不好意思，葉小姐和我要去辦報到和通關手續，麻煩各位讓一下。』

葉雲彩把母親交給來送行的護士，和阿莫斯．里德往通關櫃台的方向走去。

『好，』背景聽見記者吁一口氣的聲音，『目前葉小姐和里德先生正在辦理通關手續，稍待片刻，我們將為您做進一步的採訪。』

「帕爾默和沃納呢？」我問。

「他們和副警長在監獄的中央控制室，」警長說：「記者會開始時，他們會帶布萊特一起上來。」

長桌上的手持無線電傳來副警長的聲音：『這是副警長，我們已經到會場了。』

其中一個監視螢幕上，兩名獄警左右夾著布萊特，從長桌側方的一扇門走進會議室。走在前面的雨果．帕爾默和傑弗里．沃納先在長桌中央坐定，獄警押著布萊特坐在他們兩人之間。

「ＯＫ，九點整了，」警長拿起無線電，「鳥巢，這裡是動物園，小鳥還在窩裡嗎？」

『這裡是鳥巢，小鳥還在窩裡，重複，小鳥還在窩裡。』

「塞西爾還在拘留所裡，」警長點點頭，拿起無線電，「好了，開始吧。」

站在會議室長桌旁的副警長，拿了支麥克風給帕爾默。

「各位記者朋友，」帕爾默將麥克風湊近嘴唇，「感謝各位今天參加，首先，我們請布萊特先生講幾句話。」

他把麥克風遞給布萊特。

「今天我想要對葉家和里德家說，我很抱歉。」

布萊特放在長桌下的右手舉了起來，掌間握了一支鉛灰色，鉛筆大小的管狀物體。前排幾個比較機敏的記者唬一聲站了起來。

「既然他們想要我的命，我今天就成全他們。」四周的獄警還來不及反應，他就把右手收回長桌下，隨著一聲細微的爆炸，布萊特上身往前仆倒，趴在紅桌巾上。

我推開房門，跑進會議室，原先整齊坐定的記者全都把相機或攝影機高舉過頭，往前擠成一團。

用拳頭、膝蓋和肘鎚打出一條路後，我擠到長桌旁，副警長和獄警已經把布萊特扶到長桌後躺下。

副警長看見是我，遞了一個東西過來。

「他用這個朝自己的胸口開了一槍。」他說。

那是一根大約鉛筆粗的鋼管，後半部拴了塊半個巴掌大的鐵片。

「改造手槍。」我張望四周，「叫救護車了嗎？」

副警長點頭，「附近剛好有創傷中心的急救直升機。」

「讓開，讓開，」人牆開了個口子，一個醫師和護士推著擔架車跑了進來。
「我們是創傷中心的，傷患在那裡？」護士開口喊道。
「在這裡。」副警長指指地上的布萊特。
「來，幫我把他扛上去。」醫師和我們把布萊特扛上擔架，隨即和護士兩人推著擔架奔向樓梯，我也跟在後面。
「醒醒，醒醒，你聽得見我說話嗎？」留著絡腮鬍的醫師拍拍布萊特肩頭。
「我不能呼吸。」布萊特大聲呼氣，夾雜一兩聲嗆咳。
醫師拿起聽診器，在布萊特的胸腹間探索。
「嚴重內出血，」醫師抬起頭，「幫他做脊髓麻醉，到醫院馬上進開刀房。」
護士拿起配上長針的注射筒，對準布萊特的後頸扎了下去，她稍稍拉出活塞，確認淡黃色的脊髓液雲霧般滲進針筒裡清澈的麻醉劑中，而不是深紅色的血液。
「針頭位置正確。」確認扎中脊髓後，護士推下針筒活塞，打進麻醉劑，「脊髓麻醉好了。」
醫師捏捏布萊特的手臂，「有感覺嗎？」
「沒有，」布萊特轉頭望向醫師，「醫師，我還有救嗎？」
「別擔心，」醫師拍了拍他的手，「麻醉已經生效，我們馬上帶你到醫院動個手術，你就正常了。」
「真的？」

醫師推開走道末端的對開門，刺目的陽光射了進來，我眼前一片昏花。

視力恢復時，眼前浮現直升機的影子，耳中盡是引擎的呼嘯聲。

「我們送他到東南方州立大學的附屬醫院，三十秒就到了。」醫師扯高嗓門說完，就和護士將擔架推進直升機。直升機突地拔高，朝東南方飛去。

慢慢踱回會議室，風間新平正等在門口。

「你來晚了。」我說。

「我知道。」他說：「醫院剛剛打電話來，布萊特正在院裡檢查，因為沒有停機坪，直升機只懸翔在屋頂，把布萊特交給急診室的值班人員就離開了。」

「帕爾默呢？」

「他和法官申請延期後就開車到機場，下次開庭時再回來，」他望向腳邊的旅行袋，「我剛好也要回華盛頓，能送我一程嗎？」

✉ ✉ ✉

雨果．帕爾默坐在機場候機室的長椅，正看著手上摺成Ａ４紙張大小的報紙，腳邊放著一手可樂。

「你們來晚了，」看見我們時，他放下報紙，「葉家和里德先生剛走，如果你們早到十分鐘，或許能和他們道別。」

「為什麼急著回去？」我說。

「拉法葉市還有案件要處理，」他說：「我跟奎特曼法官報告過，等布萊特痊癒之後再重新開庭，醫院說他的傷勢並不嚴重。」

「不，」我身後的風間新平說：「明天麻醉一退，他們就知道麻煩大了。」

「哦？為什麼？」

「明天布萊特會發現手腳無法活動、沒有知覺，甚至不能正常大小便。他可能要多挨幾次刀，院方才會發現真正的病因。」他說：「那個護士做的脊髓麻醉，針筒裡不是局部麻醉劑，而是酒精。——我說的沒錯吧？漢尼拔·厄普代克先生。」

四周霎時安靜下來，我轉向雨果·帕爾默。

過了不知道多久，他摘下眼鏡。

「世上唯一我盼望聽到叫我這個名字的人，」他說：「已經不存在了。」

「你是『集郵者』？」我說。

「只是個衰老的父親，」他拍拍身旁的位子，「坐下來吧。可樂自己拿。」

我們各拿了一罐可樂，在他身旁坐下。

「那個護士到底做了什麼？」我問。

「酒精和石炭酸可以殺死神經細胞，在電極針止痛技術問世前，麻醉醫師經常用這種療法，為慢性病和末期癌症病患止痛。」風間新平說：「那個護士小姐實際上做的不是什麼脊髓麻醉，而是從頸部切斷了布萊特的脊髓。你看到的護士和醫師，其實是葉雲彩和阿莫斯·里德假扮的。」

「是他們兩個人？」

「被害者家屬之所以希望判處加害者死刑，只是為了滿足個人自私的報復天性。因為他們只敢躲在司法體系背後叫公權力動手，自己卻不敢動加害者一根汗毛。──人權團體經常用這個理由，把支持死刑的被害者家屬，抹黑成比加害者還不如的孬種。」厄普代克說：「所以我有時會問被害者家屬，要不要讓我協助和策劃，然後由他們動手？當時他們兩人的回答，都是肯定的。」

「可是葉雲彩只是義工，為什麼她會脊髓麻醉？」我說。

「葉雲彩在阿富汗時，蘇聯轟炸機丟進難民營的炸彈，炸死了裡面唯一的麻醉師和護士，」厄普代克啜了口可樂，「在人手不夠，病患源源不絕的環境下，她只好邊做邊學，再沒有醫學常識的人反覆做過一兩千次，可能比住院實習多年的人還要熟練。」

「所以她才能剪出那麼標準的蝴蝶膠帶。」風間新平說：「拜訪阿莫斯．里德那天，他其實在預演今天的行動，發現有人來訪時，他順手把白袍掛在玄關，但忘記聽診器還掛在脖子上。」

「那個聽診器不是萊斯特的？」我問。

「照片上萊斯特的聽診器上面纏滿了玩具熊，和他脖子上的完全不一樣。而且阿莫斯曾經受過醫師的訓練，假扮醫師完全沒有問題。」

「哦？」

「阿莫斯的大學教授為什麼送他佛洛伊德的照片？」他說：「佛洛伊德原本是外科醫師，因為他是猶太人，加上當時德國醫界僵化的升遷制度，才轉到人數較少，相對容易升遷的心理科。我想阿莫斯應該也有相似的問題。」

「他告訴我唸醫科時不敢解剖屍體，才轉到心理學系。」厄普代克說：「照片是他轉系時，醫科教授送給他的紀念品。」

「但我們去拜訪他時，他不是還一直在說什麼愛、寬恕、包容。還有光靠死刑，無法慰藉受害者嗎？」

「他並沒有把話說完，」風間新平說：「你知道在『基度山恩仇記』中，為什麼基度山伯爵認為光靠死刑，無法慰藉受害者嗎？因為就被害者而言，那種纏繞終生的痛苦，是無法光用在加害者胸口上刺一劍，或是在脖子上劃一刀就能一筆勾銷的。阿莫斯・里德只是沒顯露在外表，他心中對布萊特的憎恨，可能遠超過葉雲彩。」

「我們還是從頭說起吧。」厄普代克笑了笑，「如果我是漢尼拔・厄普代克，那真的帕爾默呢？」

「和真的傑弗里・沃納，在基維斯島懷斯曼家開的旅館度假，」風間新平說：「當你知道『教室和絞刑架』準備為布萊特上訴時，你打電話給他們兩個，要他們到懷斯曼家的旅館等待消息。」

「我告訴他們佛羅里達可能要大規模處決死刑犯，」厄普代克說：「我已經聯絡幾個州議員，要他們到懷斯曼家的旅館等待消息。」

「懷斯曼家在基維斯開設的，是專供婚姻瀕臨破裂夫妻度周末的旅館。完全看不到電視和報紙，只有悠閒的氣氛和周到的服務，讓夫妻能遠離工作和瑣事，專心在對方身上，再怎麼熱心工作的人，也會被當地的慵懶氣氛感染而放下工作。」

「你去過基維斯？」我問。

風間新平頷首，「懷斯曼家族的事業幾乎遍及整座島，為了讓帕爾默和沃納沒發覺異樣，安心住下，他們推掉所有的客人，傾全力招待他們兩人。我看到了帕爾默和沃納，不過他們沒發覺我，後來我要求見懷斯曼家族的族長，也在辦公室見到了懷斯曼老先生。」

「他們為什麼要——」

「因為兩年前，懷斯曼家族失去了最重要的珍寶，」風間新平說：「懷斯曼是個相當團結的大家族，凱倫．費南多茲雖然還沒和魯本．懷斯曼結婚，但在所有人眼中，她已經是懷斯曼家的成員，所以當她被殺害，凶手在人權團體運作下還有可能減刑時，你可以想像這一家人會有多憤怒。」

「這跟布萊特有什麼——」一個模糊的影子在腦中浮現，我望向厄普代克，「凱倫．費南多茲是『猩猩』那個案子的被害者？」

「兩年前法院門口那些流鶯，是老懷斯曼找來的，」厄普代克說：「這次他一知道我的計畫，馬上空出整個島接待帕爾默和沃納，還聯絡來福槍協會在法院遊行。魯本也特地來紐奧良幫我的忙。」

「他來這裡幫你什麼忙？」我問。

「你在法院看到的傑弗里．沃納，其實是魯本．懷斯曼假扮的。」風間新平說：「因為沃納一向不接受拍照，要假扮他並不困難。而且厄普代克以前是調查局的探員，假扮帕爾默也很容易。」

「喬裝和易容是『卡代恰』成員的必需技能，」厄普代克笑了笑，「我以前還化裝成教官的樣子，在菜鳥考試時坐進教室監考，把局裡氣壞了。」

「他為什麼要這麼做？」我問。

「因為除了家屬，只有律師和人權團體才能見到死刑犯，」風間新平說，「而且為了保障布萊特的訴訟權，厄普代克跟布萊特談話時，根本不用擔心會被獄方錄音。

「一開始他就計畫讓葉雲彩和阿莫斯・里德處置布萊特，但要做到這一點，他必需要讓布萊特脫離獄方的掌握。所以他告訴布萊特正計畫讓他逃獄，那兩次假的毒殺和伏擊事件，除了讓警方疲於奔命，另外也是為了獲得布萊特的信任。」

「那麼，塞西爾・芬克為什麼也會在這裡？」我問。

「他的工作是信差。」風間新平說。

「信差？」

「整個計畫中，厄普代克必須和葉雲彩和里德協調細節，假如他以帕爾默的身分和兩人聯絡，就可能露出破綻。塞西爾偽裝成遊民，其實透過塞在可樂空罐或信封裡的訊息紙條，在所有關係人之間傳遞消息。」

「我第一次見到塞西爾時，他也是西雅圖的遊民。」厄普代克說，「因為人權團體的干預，他連站上證人席，為妻子和兒子說句話的機會都沒有。他丟下了官司和教職，推著購物推車在西雅圖街頭流浪。任何人看到都會覺得難過。」

我點點頭。

「人權團體當然不會告訴你這一點，能在他們活動中亮相的被害者家屬都是穿得像鄉村牧師，然後高談原諒凶手有多麼愉快，加害者有多麼可憐之類的。塞西爾當時的樣子，顯然不太符合這票人的審美觀。」他嘴角上挑，帶著一絲嘲諷，「當時我想辦法把他拉回學校，答應幫他討回公道。」

「該不會是——那個櫻桃爆竹的案子？」

「那個黑幫掮客之所以願意幫我偷運櫻桃爆竹，也是因為我幫他找到在感化院打死他弟弟的警衛。」厄普代克說：「我原本只需要一個精通機械的助手，幫我製作和布置伏擊布萊特的機關，結果塞西爾一口答應，還扮成遊民幫我傳遞消息。他說當年在西雅圖街頭流浪時，每個人看到他只會躲得老遠，根本沒人相信他擁有工程學位和大學的終身教職，在紐奧良應該也是如此。」

「你說過球場上最優秀的中鋒不是直接帶球上籃，而是透過隊友不同的專長為球隊得分。」風間新平說，「你和這些受害者的緊密聯繫和互助，才是你手上最有價值的資產。」

「如果法律好好照顧他們，世上根本不會有『集郵者』。」

「你要布萊特在記者會時假裝用手槍自殺，乘機把他夾帶出獄。那張名片是用航空鋁材製成的工具組，只要撕下前後的貼紙，就能用它拆開牢裡的鐵床，取得製造手槍的零件。子彈則是偽裝成蠟筆其中一節筆心，蠟製彈頭根本打不死人。

「實際上葉雲彩和阿莫斯乘辦理通關手續的空檔，假扮成醫師和護士，然後坐上事先準備好的直升機在警局附近盤旋，等警方呼叫時把布萊特載到醫院，再飛回機場。也讓人認為他們兩人一直都在機場裡。」

「你只跟老懷斯曼談過，就能推論出這些？」厄普代克說。

「他只告訴我為什麼要幫助你，凱倫・費南多茲對他家族的意義，最後他要我看在你為什麼會做這些事的原因上，不要干涉你的計畫。」

「那麼，你要逮捕我嗎？」

「如果是的話，我會把真的帕爾默和沃納帶回來，」風間新平說：「而且這只是我個人的猜想，當證據並不管用。」

「萬一警方傳訊葉雲彩和里德──」我說。

「恐怕很難，」他轉向我，「為什麼他們要搬到南非？美國跟南非間沒有引渡條款，即使他們把布萊特弄成癱瘓也不行。」

厄普代克爆出一聲大笑。

「我的飛機到了，」他站了起來，「很高興和你們聊天。」

「我們也是。」風間新平說。

他走了幾步，像想到什麼似的回過頭。

「知道嗎？」他說；「如果你們兩個聯手，說不定可以抓住我。」

「你還要繼續下去嗎？」我說。

厄普代克拍了拍手上的旅行袋，「等這些我和安德麗雅收集的郵票都找到主人後，或許我會收手。」

「這樣值得嗎？」

「那些人權團體要大家放加害者一條生路，我只不過完全遵守他們的要求，有什麼不對？」

他揮了揮手，回頭繼續走去。

「你根本不想逮住他，對吧？」厄普代克走遠後，我轉向風間新平，「所以你才會溜到基維斯去。」

「或許吧。」

「你這個莫測高深的脾氣真的要改一下。」

「彼此彼此，」他伸出手，「後會有期。」

「恐怕很難，」我握住他的手，「我跑的是市聞版，到華盛頓的機會不大。」

「世事難料，」他嘴角揚了揚，「給你一個建議。可能的話多待幾天，到醫院看完布萊特再走。」

✉ ✉ ✉

「護士！護士！我要換尿袋！」布萊特身體埋在病床裡，四周圍著儀器，讓他看上去像人類和機械的混合體。

「你已經換過尿袋了，」女高音身材的護士扯高嗓門，「二十個病患裡，你是最吵的一個，給我安份一點。」

「他每天就這樣，除了吵，就是哭，」隔著玻璃觀察病房的醫師聳肩。

「往好處想，應該不會有人想判他死刑了。」對一直主張要放他生路的『教室與絞刑架』而言，這的確是個好消息。不過他們應該高興不起來，「他現在這副樣子，連坐上電椅都有問題。」

「不用多久，州政府就會考慮送他到『人體農場』。」

「沒那麼嚴重吧？」我想到用人類屍體做研究的實驗室。

「不是你想的那個，」他說：「是癱瘓病人的療養院，病患都躺在那裡，跟農場差不多。」

風聞新平離開後，我在紐奧良又停留了一個禮拜。

帕爾默和沃納發現他們『搶救』的當事人四肢癱瘓，氣得控告州政府行政疏失。法院還沒開庭，帕爾默就遭到警方反覆偵訊，儘管他說明人在基維斯，但警方根本不相信他的說詞。某家小報也刊出沃納在基維斯休閒玩樂的照片，指稱沃納在當事人身陷險境時，在外地吃喝玩樂，負面消息連番打擊下，『教室與絞刑架』已經傳出準備撤換執行長的風聲。

望著病房裡的布萊特，我搖搖頭。

「管不住自己的下半身？」他對自己罪行的說詞，沒想到成為他餘生的讖語。

「抱歉，你說什麼？」醫師回過頭。

「不，沒什麼。」我笑了笑，準備離開醫院。

✉ ✉ ✉

「寫得不錯。」尤金翻著我的打字稿。

「很遺憾，沒抓到『集郵者』。」我說。

「這樣就可以了，」他往後靠回椅背，「你是記者，不是警察。」

身後傳來敲門聲。

「進來，」尤金回答，腳步聲停在我身後，「萬里，這是你以後的搭檔霍士圖；士圖，這是王萬里，我手下最好的文字記者。」

「我是霍士圖，請多指教——」回頭看見對方的臉，我愣住了。

「所以我說世事難料。」風間新平站在我身後，「我是王萬里，請多指教。」

「你不是司法部的——」

「我在華盛頓的朋友人不舒服，就代替他跑了一趟，」他說：「風間新平是在日本研習時，朋友幫我取的名字，因為中文名字用日語真的不太好唸。」

「我要他到紐奧良幫忙，順便查核你的表現。」尤金說：「他回信告訴我，你的表現非常出色。」

「那你說車子被老闆鎖在公司——」

「這是真的，」尤金說：「這瘋子在第五大道飆到一百四十哩，鑰匙還在我手上。不談這個，有個案子要你們去跑一下——」

「我們搭檔後，有時他會像這樣寄張明信片，當做朋友間的問候。」我說。

「現在你們真的聯手了，『集郵者』再出現時，你們抓得到他嗎？」曉鏡擦著酒杯。

「我不回答假設性的問題。士圖，你認為呢？」

我笑笑，啜了口薑汁汽水。

老實說，我不知道。

（本篇完）

後記

廢死人士告訴我們，他們反對死刑的理由是每個人的命只有一條，不能任意剝奪。似乎死刑犯的生命，是他們唯一關心的事物。

那麼如果留下死刑犯的生命，是不是代表什麼事情都可以做？

這是我開始寫作「集郵者」的契機。

文中所提到的「卡代恰（Kurdaitcha）」是澳洲原住民族部落中的死刑執行者。

在澳洲原住民族部落中，如果犯罪被部落長老會議判處死刑，會由卡代恰執行。如果犯罪者脫逃，所屬的部落會派出三名卡代恰分路追殺他，直到他被追上或死亡為止。

令現代人不解的是，卡代恰執行死刑的工具並不是什麼槍枝、刀械、絞索之類的武器，而只是一根事先經過部落巫醫施法，用袋鼠骨磨成，長度大約六至九英吋，稱為「昆得拉（kundela）」的針，尾端還繫了一小簇女性的頭髮，通常由巫醫的妻子提供。

澳洲原住民族相信，巫醫施法時會像白人將彈藥裝進槍械般，把一支看不見的骨頭藏進長針裡。

只要卡代恰將骨針對準犯罪者，拉直尾端的髮簇，唸出咒語，那根看不見的骨頭就會鑽進對方體內，侵蝕對方的五臟六腑。

一九五三年澳洲達爾文的醫院，曾經收治過一名因為亂倫，被卡代恰執行死刑的原住民。

儘管經過當時西方醫學的檢驗和診療，這名病患的身體機能仍然不斷惡化，無法吃下任何食物，五天後在找不到病因的情況下不治去世。

……對於一個要用各式各樣的意外為掩飾，對目標實施制裁的地下團隊。

這個名字應該再合適不過了吧？

而「集郵者」除了反映廢死運動忽視被害者（像台灣的廢死人士只會告訴你湯英伸是原住民，被判死刑是政府忽視原住民族的象徵，卻不告訴湯英伸之所以被判死刑，是因為他殺害的對象中，包括了只有兩歲的彭珊珊；陸正案中兒子被撕票的父親陸晉德，還曾經被支持廢死人士教訓「養子不教父之過」，「上帝會懲罰你」）之類過去被人講到爛，但是廢死人士從來不承認的問題外。

如果廢死人士那麼在乎生命的價值。

是否代表除了奪取生命之外，其他侵犯人權的事都可以做？

就像結尾厄普代克的那句話：

「那些人權團體要大家放加害者一條生路，我只不過完全遵守他們的要求，有什麼不對？」

FRANK LLOYD WRIGHT
2c
U.S. POSTAGE
EGYPT
50 PT
We hold these Truths...
I.P.Z.S. S.p.A. · ROMA

笛卡兒的情書

十七世紀時，窮困潦倒的數學家笛卡兒為了躲避黑死病疫情逃到瑞典。流落街頭行乞時遇見瑞典的克里斯汀娜公主。愛好數學的公主得知笛卡兒是數學家，立刻聘請他到宮中擔任自己的家庭教師，但兩人的情誼轉變成世所不容的師生戀，觸怒了瑞典國王。國王原本要處死笛卡兒，在公主以自殺相脅下，國王將笛卡兒逐回法國，並幽禁克里斯汀娜公主。

回到法國的笛卡兒不久就染上了黑死病，在病榻上給公主寫了一封封情書，但都被國王擋了下來。直到臨終前，笛卡兒寫了第十三封，也是最後一封情書，內容只有一行：

$r=a(1-\sin\theta)$

召集全國的學者研究這個公式，卻找不出答案之下。國王暗忖公主幽禁後成天鬱鬱寡歡，收到信可能會打起精神。於是將笛卡兒的信交給了公主，公主沒花多少時間，就解出了笛卡兒最後的留言：

當θ是0度時，$r=a(1-0)=a$。

當θ是90度時，$r=a(1-1)=0$。

當θ是180度時，$r=a(1-0)=a$。

當θ是270度時，$r=a(1+1)=2a$。

將角度為θ，截距為r的點描在直角座標系上，再連接每個點，會形成一個完美的心形，後來的數學家稱之為心臟線。

這個故事可能是虛構的（歷史記載，克里斯汀娜聘請笛卡兒到瑞典時，已經繼承王位成為女王；笛卡兒並非死於黑死病，而是不適應北歐酷寒冬季所引發的肺炎），但也說明密碼除了政治密謀及軍事機密外，還用來隱藏另一個人世間更大的祕密：愛情。

用密碼隱藏情話的歷史，和隱藏政治和軍事的機密一樣悠久，四世紀時印度的婆羅門學者就著書教導婦女學習密碼術，讓她們能隱藏不能為外人得知的秘情；十九世紀時的情侶也透過報紙刊登加密的啟事文字，傳達愛情、思念，甚至是私奔的計畫。

整理我在前鋒新聞任職攝影記者時，和文字記者王萬里合作的案件中，和密碼與愛情相關的，莫過於韓雪嫦和華夢書的案件。

說到這個故事，要從一個韓國食品店老闆和一個水果店老闆，在報社門口吵架開始。

呃……聽起來似乎不怎麼羅曼蒂克。

『在打雷之後，必有大雨。』

不過今天的情況，和蘇格拉底兩千四百年前遇到的不太一樣。

我們兩個人冒著大雷雨，從布魯克林大橋的新聞現場趕回報社，踏進電梯時早已渾身濕透，車廂剛在報社所在的樓層停住，就聽到那個聲音。

「把女兒還給我！」

電梯門跟著那聲大吼朝兩旁滑開，宛如百老匯的舞台劇開幕。

一個一百五十公分左右，矮小結實的初老男子高舉雙臂，揪住一個比他至少高出四五個頭，身形瘦長男子的領口。後者因為老者的重量和力道俯下身子，看上去就像和他鞠躬賠不是，他雙手緊握老者的手腕想要拉開，連溜到鼻尖的黑膠框眼鏡都抽不出手扶一把。

我們兩人連忙衝出電梯，我雙手伸到老者腋下扣住雙臂，把不停扭動的小老頭往後拉開，王萬里乘隙擋在青年面前，雙掌往前張開，做出拳手的防禦姿態。

「你還好吧？」他轉頭問男子。

「謝謝，我沒事。」男子把眼鏡扶回原位，點了點頭，「兩位是——」

「我們是這間報社的記者，」我確定距離夠遠後鬆開老者，後者一發現解脫束縛，隨即準備撲向男子，我只好再伸手扣住他，「喂，您老也夠了吧？」

「你懂什麼？」老者手上不斷加勁，嘴裡也沒閒著，「這小子的弟弟拐跑了我女兒。」

王萬里轉過頭，「有這回事嗎？」

男子微微頷首，抓抓頭髮，「我也在找我弟弟，原本想來報社刊啟事尋人，沒想到會遇到韓小姐的父親——」

「韓小姐的父親？」我腦海中蹦出一個名字，「在小義大利開超商的韓奉洙韓老爺子？」

「喂，你這個小鬼怎麼知道我的名字？」老者喊道。

「小鬼？」王萬里說。

「他在這裡開了快二十年的店，在他眼裡，每個人都是小鬼，」我鬆開老者，扶著他的身子轉向我，「還記得我嗎？我是霍士圖。」

他目光只在我臉上停留一兩秒，跟著射過來一記重拳，正正擊中我肩頭。

「你這個小鬼不是在當警察嗎？怎麼跑到這裡當記者了？」他每說一句，就在我肩上用力拍一下，力道之大，會讓人以為他想把對方的肩膀給卸下來。

我望向王萬里和男子，露出一絲苦笑。

看到了吧，和這比起來，你剛才只被揪住領子，已經算很不錯的了。

* * *

我是在四年前認識韓老爺子的。

當時我剛結束一年的海外研習回到紐約，和同一時間升任刑事的齊亞克搭檔巡邏。因為剛畢業就被丟到英國研習，對市區一年來的改變相當陌生，除了刑警的日常勤務，像英國佬常說的『街頭感』，也就是站在街上就能察覺犯罪的求生本能，也需要重新培養。

那天晚上我們開車在華埠巡邏，車上的無線電響起警局調度員的呼叫聲。

『10-30，小義大利區，需要支援，附近有沒有單位？』

10-30代表『正在進行的搶劫案件』，坐在助手席的我拿起話筒，報出單位代碼：「地址在那裡？」

握著方向盤的齊亞克聽著調度員報出的地址，眉頭皺了一下，「不會吧，是韓老爺子的店？」

「怎麼了，你認識他？」我掛回話筒，拿出閃燈放上車頂。

「在這一帶巡邏的警員都認識他。」他開響警笛，踩下油門，座墊下傳來加速的微微震顫。

「因為他常被搶？」記得那一帶因為店家大部分遷出，是著名的治安死角，留下來的店家幾乎都被搶過一兩次。

「不，他是那一帶唯一沒被搶過的店家。」齊亞克轉動方向盤，「局裡的老鳥說，韓老爺子那間超商二十年來別說被搶，連像拿東西不付錢之類的小事都沒發生過。」

「不太可能吧。」

「原本我也不相信，半年前有一次走進店裡，剛好碰到一個十幾歲的小子在牛仔褲裡塞了好幾條巧克力，在門口給韓老爺子攔了下來。

「當時韓老爺子問：『小鬼，你結帳了嗎？』

「『你看到我拿東西嗎？為什麼要結帳？』

「韓老爺子馬上從櫃枱後抽出一支棒球鋁棒，要那個小子在店門口脫光，把巧克力全部拿出來。」

「結果那個孩子——」

「那孩子原本以為不過在嚇他，只看到韓老爺子跳出櫃枱，拿球棒頂著他的鼻樑，他立馬在店裡脫得精光，掏出口袋裡的所有東西，猛男秀的舞者和他比起來，簡直像慢吞吞的老頭子。」他說：「看著好了，明天一早這件事會成為局裡的新聞，大家一定想看看哪個傢伙腦袋被門夾到，才會蠢到要搶他的店。」

車子拐個彎繞進一條雙線道，兩旁紅磚樓房底層的大片玻璃櫥窗，霓虹市招，灰色石材鋪出的人行道和鑄鐵路燈，隱約能嗅出當年的繁華，但櫥窗外披上褐色鏽斑的鐵窗，人行道石縫中冒出頭的雜草，沒有一絲光亮的招牌和路燈，也透出今日的寥落。

整條街唯一的光源，來自街道盡頭的店家，店門外有塊放在四輪支架，裡面裝上日光燈的方型招牌，上面用紅色油漆在白色壓克力寫上中文、英文和韓文的『超商』字樣。

「那間就是韓老爺子的店。」齊亞克說。

車子在門口停住時，我瞥了眼櫥窗。

「單位回報10-84，結束。」齊亞克正拿起話筒回報。

「亞克，還有10-54。」我打開車門。

「10-54——」想起這個代號的意思，齊亞克轉過頭來，「你叫救護車做什麼？」

「櫥窗上有小滴血漬，應該是開槍時濺到玻璃上的。」我從腋下槍套抽出加長槍管的點四五自動手槍，躍下車直奔店門。

確認門旁沒有人影，我踹開店門，舉起槍大吼：「紐約警察！不要動！」

幾聲沙啞的嗆咳打斷了我槍戰英雄的美夢，順著嗆咳聲瞧向右側，一個瘦長個頭，將近二十歲的白人靠著最裡面的貨架坐在地上，破爛的皮夾克沾滿紅黑色的血漬，裡面黑色T恤的白色骷髏頭被血染紅，顯得分外猙獰。

「小子，怎麼這麼晚？」一個身形矮胖的初老男子站在左側櫃台後，手上擎著一把霰彈槍，國字臉上的圓眼沿著槍管，死盯靠在貨架的男子。

「把槍放下——你沒事吧？」我瞄準男子。

「怎麼可能？」老者說。

「他有共犯嗎？」我走向男子，確定槍始終瞄準他。

「只有他一個，」老者哼了一聲，「這小鬼一進門就拿槍指著我胸口，要我拿出收銀機裡的錢，我按下警鈴時，順道拿出傢伙朝他轟了兩槍。」

對一個被人用槍抵住胸口的人，這傢伙的槍法還真準。我轉向男子，「你的槍呢？指給我看，別拿出來。」

男子咳了兩聲吐出一口血，抬起手朝我腳邊指了指，隨即無力垂下。

一把點二二口徑的左輪掉在我腳邊的地上，槍身沒沾上血的部分，還閃著鍍鎳的金屬閃光。

我繞過左輪，緩步朝男子走去。兩旁用木頭釘成的貨架頂住天花板，上面疊著一層層印著韓文的鐵罐，塞滿各色泡菜的玻璃瓶，空氣中除了辣椒、蒜頭和香草交織成的辛香氣息，還有一種淡淡的刺鼻味。就像——

尿騷味。我嘖了一聲，「小子，不會吧？你連尿都嚇出來了？」

「哦，那是魟魚。」身後的老者回道。

「魟魚？」

「有個客人想吃醃魟魚，但海關不准我從韓國運進來，」我可以猜到他們拒絕的原因，「前幾天富爾頓市場有漁夫抓到兩條，就買回來吊在屋頂上曬乾。」

「沒人向衛生局檢舉你嗎？」

「那個鳥會檢舉我？整條街只剩我這爿店了，」老者說：「和衛生局比起來，我還比較擔心附近的貓。」

我走到男子身旁，確定他身上沒有武器後，扯開皮夾克檢查傷勢。

齊亞克提著隨車急救箱跑進店裡，瞥見男子和遍地血跡，他愣了一下。

「哇，韓老爺子，您怎麼把他殺了？」

「放心吧，他死不了。」我抬起頭，「他中的是獵鳥彈。」

「獵鳥彈？」齊亞克遞給我急救箱。

「獵人用來打鳥的，」我拿出繃帶，繞著男子胸口團團纏住，「這種霰彈彈丸細小，散布範圍廣，對像松雞、鷓鴣、兔子這類個頭小、動作快的動物很有效，用它來射人傷口看起來嚇人，但是入肉不深，殺傷力很有限。」

「可是很痛耶！」男子吐出一句話，又咳了兩聲。

「誰叫你要找我的店下手？」

「我只是嚇唬你而已，誰想到你會開槍打我——」

「你這話還是留著跟法官講吧。現在你講愈多，傷口只會愈痛。」我側過頭，從眼角還能瞥見櫃台槍管的閃光，「老先生，你可以把槍放下了。」

「等你們帶走他再說，」從老者的聲音，他似乎沒有放下槍的意思，「只要他還在那裡，我就不放心。」

「媽的，你一直拿槍朝這裡晃來晃去，我怎麼專心幫他包紮？」我拉住繃帶兩頭用力拉緊，男子發出一聲哀嚎。

「喂，這個沒禮貌的小鬼是誰？」
「他叫霍士圖，和我一樣是新就任的刑警。」齊亞克說。
「爸，怎麼了？」身後驀地傳來一個嬌嫩的女聲，「你怎麼把槍拿出來了？」
我側過頭，方型招牌映入室內的逆光，在門口投射出一個苗條的女性身形。微鬈的褐髮順著鵝蛋臉迤邐披到肩後，細膩圓潤的五官，會讓人想到餐廳櫥窗中的法式甜點，只有教會學校才看得到的寶藍色西裝外套和長裙雖然和她不太搭配，但多少淡化了與店內環境的違和感。
「哦，乖女兒，爸沒事，」儘管槍還拿著不放，老者的聲音已經轉為溫和，「剛才有一點事，現在警察在處理，不用擔心，吃過飯了嗎？」
「吃過了，」那個身形拿下老者的槍，放在櫃台上，「人家都已經在處理了，你還拿著槍做什麼？」
「哦，對，我忘了。」老者望著自己空空如也的雙手，「我拿著槍做什麼？」
我轉向亞克，放低聲音，「那位小姐是——」
「韓老爺子的獨生女。」齊亞克朝老者霎霎眼。
「我叫韓雪嫦，謝謝你們，」那個身影朝我們深深鞠了個躬，「要幫忙嗎？」
「謝謝，不用了，」齊亞克連忙說。
「乖女兒，妳先進去吧，飯菜在桌上。」
韓雪嫦又朝我們點點頭，才消失在貨架後。
「喂，小子，你在看什麼？」老者的聲音粗魯地拉回我的意識。

「沒什麼，」我故意抬起頭，望向泛黑的天花板，「我只是在想，你女兒和你長得不太像嘛。」

「你該不會在動什麼歪腦筋吧？」他摸摸櫃台上的霰彈槍，似乎在確認槍沒有丟掉，「告訴你，我就只有這個女兒，不可能看上你們這種粗人——」

「喂，亞克，你評評理，這個老傢伙說我們是粗人耶——」

直到救護車停在門口，救護員抬著擔架跑進店裡，把地上的那個倒楣鬼抬回車時，我們兩個人還在吵個不停，記得最後還是齊亞克把我拉出店，塞回警車的助手席的。

後來在華埠執勤的兩年間，亞克和我偶爾會經過韓老爺子的店，有幾次遇到韓雪嫦拿著水桶和抹布，站在櫥窗後擦拭玻璃，但韓老爺子一看到我們的車，就會叫他的寶貝女兒回到店裡，然後自己拿著顯然不能用來清潔玻璃的霰彈槍站在櫥窗後。

什麼？你問我那個『腦袋被門夾到』的傢伙怎麼了？

亞克和我在醫院偵訊那個小鬼，才知道是新加入的幫派頭子塞了把槍，要他找家店『試試膽量』，就像章回小說裡，山寨頭子要剛入夥的小弟殺個人證明誠意一樣。

挑上韓老爺子的店讓這小子在醫院躺了兩個月，在牢裡蹲了兩年，出獄後，當初拱他出去試膽的幫派也沒有收他。

倒不是因為他不夠膽量，而是這小子身上還留著好幾顆手術清不乾淨的霰彈，每次經過金屬探測器時就會引發機器狂叫，必須脫光衣服才能證明自己身上沒帶槍。

這種人要怎麼夾帶違禁品闖關？

而他第一次搶劫胸口差點開個大洞的慘況，很快傳遍了小義大利和華埠，直到四年後離開市警局，除了幾隻不小心闖進店內的貓狗，我沒聽過有什麼四條腿或兩條腿的動物敢不付錢，就把商品帶出韓老爺子的店。

前鋒新聞的會議室是辦公室一角用屏風隔開的空間，裡面除了貼滿佈告的白板和飲水機，還有張可以摺合的長條鐵桌，四周圍了十幾架漆成灰色，坐上去格外侷促的鐵摺椅。從入口旁唯一的帷幕玻璃窗朝外望，可以看見籠罩在灰色雨霧中的摩天大樓群，四處飛散的雨絲不斷攀住光滑的玻璃，在上面劃出各式各樣的花紋，就像乩板上的神諭。

我望向身旁的韓老爺子，和四年前相比，他的頭髮已經白多於灰，國字臉上也多出一道道像用粗鉛筆反覆畫出的深紋，但他此刻瞪著桌子對面的眼神，配上窗外不時閃現，打進屋裡的雷電閃光，只怕比四年前還要嚇人得多。

「老爺子，您就不能放輕鬆一點嗎？」我把裝著綠茶的紙杯推到他面前，順勢問坐在對面的瘦長男子：「不好意思，剛才來不及請教，請問怎麼稱呼？」

「我叫華伯庸，在曼哈頓的華埠開了間水果行。」男子拿下眼鏡，用袖子揩揩額頭不斷滲出的汗珠。被那兩隻眼睛盯著，任何人都會感到壓力，或許連他也不例外，「韓老先生，對於您女兒的事，我很抱歉——」

「抱歉個屁！」韓老爺子唬一聲跳起，揪住他衣服前襟不住搖晃，坐在華伯庸旁的王萬里和我連推帶拉，把他按回椅子上，「萬一我女兒出了什麼事，你和你弟弟要怎樣還我女兒？」

會議室外的屏風傳來窸窣聲，總編輯尤金光溜溜的腦袋伸進會議室門口。

「發生什麼事了？我剛剛好像聽見打架的聲音。」

「哦，沒事，」我連忙跑到門口連拍帶推，將尤金送出了會議室。

確定總編離開後，我俯身按住韓老爺子的肩頭拍了拍。

「喂，如果你只是要打他一頓的話，在外面就可以了，幹嘛專誠跑到這裡？」

「既然都進來這裡了，要不要和我們聊聊？」我的搭擋拉開韓老爺子對面的摺椅坐下。

我跟著坐在韓老爺子旁邊，「我記得四年前那時候，妳女兒好像才上中學，那她現在還在唸書嗎？」

「大一，」他說：「她現在在門羅大學商學院唸會計。」

「商學院？你女兒怎麼會跑去唸商學院？」

「是我叫她去申請的，我打算把店裡的生意交給她。」

「開什麼玩笑？」腦海中浮現一個女子坐在陳舊的櫃台後，四周圍著被罐頭和玻璃瓶壓得吱呀作響，散發刺鼻氣味的木貨架，懷裡還揣著霰彈槍的景象，連忙搖了搖頭，「你要把女兒當醃魟魚塞進貨倉裡嗎？」

「有什麼辦法？」他攤開手，「我只有這個女兒，不交給她交給誰？」

「華先生，您知道這件事嗎？」我的夥伴轉向華伯庸。

對方點點頭，「當時我弟弟學校的教授和他提到這件事，問他要不要去應徵。」

「令弟的學校是——」

「紐約大學數學系，今年畢業，」華伯庸掏出錢包，抽出一張相片遞給王萬里，「剛才忘了介紹，他叫華夢書。」

我探出身子望向王萬里手上的照片，四角磨成圓邊的相紙上站了個抱著一疊教科書的男子，他比華伯庸矮了兩個頭，雙頰和眼睛還帶著少年的圓潤線條，沒有整燙的白襯衫和黑西裝褲、華埠巷子裡老理髮師剪出一式一樣的瓜皮頭，都和面前他的兄長相彷彿。

「他沒課的時候，就在店裡幫忙招呼客人和送貨，」發現我的視線，華伯庸笑了笑，「大家都說我們兩人長得很像。」

「那當初錄用華先生當家教，是韓先生您同意的嗎？」我的夥伴轉向韓老爺子。

「我當初以為這小子很老實，就要他一個星期過來上兩次課，」韓老爺子哼了一聲，「結果一個月之後，就讓我逮到他和我女兒一起逛街看電影。」

「逛街？」我說：「拜託，你女兒已經是成年人了，看個電影也犯天條嗎？」

王萬里朝我霎霎眼，「華先生，您知道這件事嗎？」

「當時韓小姐每兩三天會來水果店，和我弟弟碰面後一起出去。他說兩個人只是出去看看電影，順便陪韓小姐買買文具之類的，我認為就學生而言很正常，就沒有過問什麼。」華伯庸朝對面的韓老爺子一瞥，「不過韓老先生打電話過來，不准我弟弟和韓小姐交往，後來韓小姐來店裡，我就說不方便讓我弟弟和她一起出門。」

「什麼？」我轉向韓老爺子，「你打電話到人家家裡去？」

「我一發現他和雪嫦出門，就叫他不用再過來教書，為了怕他打電話過來，我連雪嫦房裡的電話分機都拆掉，只留下店裡用來叫貨的電話。」

「喂，老爺子，你管得也太多了吧？」我說。

「等你有女兒就知道了，小鬼。」韓老爺子瞪了我一眼，「我要幫她找個適合的對象，不是在水果店打雜，毛還沒長齊的學生。」

華伯庸露出苦笑。

「然後呢？」我問：「他們從此以後就沒再聯絡了？」

「放屁，怎麼可能？」韓老爺子說：「他們兩個瞞著我通信，我直到昨天才知道。」

「不會吧？你連電話都拆了，他們還能通信？」

「那個小鬼託朋友跟我店裡訂泡菜、罐頭之類的商品，」韓老爺子說，「因為都是雪嫦在處理訂貨的事，那個小鬼的朋友會把訂單送到店裡，雪嫦點好貨、寫好收據之後，再讓我一起送到對方店裡。」

「我當時也沒有發現到，只是覺得冰箱裡好像多出一堆像泡菜、罐頭之類平常不吃的東西，」華伯庸說：「有時我弟弟會站在打開的冰箱前，手上拿著一張紙哈哈大笑。我一出聲問他，他馬上把紙塞進口袋裡。」

「那時候我也覺得雪嫦有點魂不守舍，有一次我發現她開好收據後不放好，反而放在燒水的電磁爐，我一出聲她才想起來。」

「收據？」王萬里問：「韓老爺子，您最後一次見到令嬡是什麼時候？」

「昨天早上她出門時說，晚上要和同學一起準備考試，要到隔天才回來。」韓老爺子說：「不過下午我想了一下：不對啊，以前這個時候還沒有考試。我打電話到學校，才發現雪嫦辦了休學，回家後我搜她的房間，發現這個東西放在書桌抽屜裡。」

韓老爺子手插進束腰抽出一張紙，小心放在桌上攤平後，推到王萬裡面前。

坐在對面的我探過身子，淺藍色的信箋上用細淡，彷彿一抹就會消失的字跡寫道：

『爸：

不習慣門羅的課業，我轉到西岸的大學繼續唸書。等這邊安頓妥當會打電話回家。請不用擔心。

好好照顧身體。

雪嫦』

不用擔心，韓老爺子不擔心才怪。我心想。

「——我看完信嚇壞了，馬上跑到警察局去報案。」

「那您呢？」我問華伯庸。

「我弟弟昨天早上出門時說大學同學開派對慶祝畢業，要我不用等他。」華伯庸也從襯衫胸前口袋抽出一張紙，遞給王萬里，「隔天早上我到他房間收拾衣服時，在他桌上發現這個。」

稜角分明的字一筆一劃，刻在傳統的十行紙上：

『大哥：

計畫臨時有變，先到學校報到。未及告知，麻煩見諒。

弟字』

「他信上的『計畫』是指——」王萬里問。

「夢書之前參加了幾間大學研究所的入學考試，聽他說考得不錯，不過他一直不肯告訴我考上那一間，」華伯庸說，「原本他下個月才要到新學校報到，還要我到時候幫他搬行李。我怕他臨時動身是不是有什麼緣故，所以到警察局去。」

「不過失蹤還不到七十二小時，警局應該不會受理才對。」我說。

「櫃枱的值班員警也是這樣跟我講的，」華伯庸點點頭，「不過有個刑警經過值班台，聽我講完之後，要我到這裡登尋人啟事，還說這裡應該有人可以幫我的忙。」

「刑警？他叫什麼名字？」

「他沒說，不過他跟您一樣是華人，個頭不高，有一張娃娃臉。而且值班台的員警好像叫他『組長』——」

「那不是當年和你搭擋那個小鬼嗎？」韓老爺子喊道：「我到警局報案時，那個小鬼也是這樣告訴我的。」

齊亞克那張跟刑事組長這個職銜完全不搭的娃娃臉，唰一聲閃過我眼前。

把這兩個燙手山芋塞給萬里和我，亞克，你還真是不地道啊。

「華先生，韓小姐開給令弟的收據，您有帶在身上嗎？」王萬里問。

「有，」華伯庸從襯衫胸前口袋掏出一疊摺好的紙遞給他，「我以為警察會問到，所以順便帶過來了。」

「等等，我這裡也有，」韓老爺子站起身，從褲袋掏出一疊紙。

「慢著，怎麼你那裡也有？」我問。

「那小鬼有時會叫他朋友退貨或換貨，順便要我女兒重開收據。不對嗎？」韓老爺子哼了一聲。

「這就說得通了。」我的搭擋接過收據，在桌上一張張攤開。

我站起身朝他那邊望去。收據上筆跡細而淡，像是用手一抹就會消失似的，其中一張寫著：

『泡菜五瓶，單價2.5元，總價12.5元，

罐頭二瓶，單價1元，總價2元』

另一張寫著：

『泡菜兩瓶，單價2.5元，總價5元』

的那一行劃了兩條代表刪除的橫槓，下面再補上：

『泡菜三瓶，單價2.5元，總價7.5元』

「韓老爺子，」低頭端詳收據的王萬里抬起頭，「令嬡經常會寫錯金額嗎？」

「沒有，她做事很謹慎，」韓老爺子眉頭一揚，「對了，聽您這樣說我才想到，最近她寫收據的確有時會寫錯。——這有什麼關係嗎？」

「哦，沒事。」

我的夥伴目光逐一掃過每張收據後，將手肘靠在桌面，雙手合十。

打破沉默的，是韓老爺子，「王先生——」

「韓老爺子，華先生，」王萬里望向他們兩人，「能不能給我一個晚上的時間？明天一早，我就能找到他們兩個人。」

「什麼？還要一個晚上？」韓老爺子拉高嗓門，「這樣會不會來不及？萬一他們——」

「我想這不是問題。」王萬里轉頭望向玻璃窗，大顆大顆的雨滴正不停打在玻璃上，窗外的摩天大樓和街景，強風搖撼著鋁質窗框，發出粗糙的嘎嘎聲，「我們剛從布魯克林大橋回來，暴風雨讓曼哈頓對外的快速道路發生多起車禍，至少要到明天才能排除，加上地下隧道淹水、機場也停止起降。這一兩天除了市政府的救災車輛，應該沒有人能離開曼哈頓。」

「以前我們常說自己住在島上，」我說：「這下倒好，我們真的被困在這裡，那裡都去不了。」

「現在外面雨勢正大，兩位回去可能不太方便，要不要在這裡委屈一晚？」我的夥伴說：「報社裡有毯子和枕頭，明天一早，我就帶兩位過去。」

「我沒問題，就麻煩您了。」華伯庸起身鞠了個躬。

「你真的確定明天可以找到他們？」韓老爺子雙手在胸前交疊，「那好吧，我就等到明天。」

「謝謝，我現在拿毯子和枕頭過來。」王萬里掀開會議室門口的布簾，走了出去。

◇　◇　◇

我找到王萬里時，他正站在茶水間的冰箱前，一張張審視手上華伯庸和韓老爺子交給他的收據，毛毯和枕頭放在一旁的矮櫃上。

「萬里。」我在飲水機的龍頭下放了個紙杯，撕開即溶咖啡包的封口。

「他們兩個人還好吧？」

「我找了其他同事招呼，順便幫他們兩人泡杯咖啡，」我將即溶咖啡包倒進杯裡，「你真的可以找到韓雪嫦和華夢書？」

「從他們在收據上寫的東西來看，應該沒問題。」

「他們真的用收據通信？」

「他們用了一些手法掩蓋通信的內容。」王萬里的視線落在手上的收據，「要解讀不難。」

「呃……萬里，可以和你打個商量嗎？」

「要我告訴他們兩個，找不到韓雪嫦和華夢書？」他抬起頭直視著我。

「你不覺得韓雪嫦很可憐嗎？」面對他的目光，我停了一下，「韓老爺子把她管得死死的，要不然他們兩個人也不會——」

「你連華夢書一次面都沒見過，怎麼認為他一定會照顧韓雪嫦？」

「問題是，如果韓老爺子找到他們——」

「如果他們連應付韓老爺子和華伯庸都沒辦法，你怎麼認為他們有能力應付生活？」王萬里說：「聽過代理神明的故事嗎？」

「代理神明？」

「以前有一個人信步走進廟裡，見到供桌上的神明，自言自語的說：

「『神啊，您每天坐在那裡聽信眾的願望，一定很辛苦。如果可以的話，我希望可以為您分憂。』

「神聽到後走下供桌，顯現在他面前說：

「『那好，我有事要出門，你可以代替我坐在這裡一天嗎？』祂說：『不過記住，不管信眾向你祈求什麼或發生什麼事，千萬別開口。』

「這個人代替神明坐在供桌上。不久有個財主走進廟裡，祈求神明保佑他賺更多錢。財主離開時，把他的錢包遺落在蒲團旁。

「接著來的信眾是個窮人，祈求神明讓他可以溫飽。他在離開時發現財主遺落的錢包，窮人認為是神明的恩賜，將錢包收進懷裡離開。

「第三個信眾是即將出海的船員，祈求神明保佑他此行一路平安。這時來找錢包的財主帶著警察走進廟裡，財主一口咬定船員侵吞錢包，要警察逮捕他。

「坐在供桌上代理神明的那個人不忍心看見船員被冤枉，開口告訴財主窮人拿走了錢包，財主於是放走船員，帶著警察去找窮人。

「那天太陽下山後，神明氣急敗壞地走進廟裡。

「『我不是叫你不要開口嗎？』他一開口就大罵坐在供桌上的代理人，『你知道只因為你一句話，把那三個人害慘了！』

「『可是，那個船員是無辜的。不是嗎？』

「『你懂什麼？那個錢包裡的錢財主只會拿去花天酒地，敗壞他的靈魂。對那個窮人而言，卻可以解他們一家的燃眉之急，救他們全家大小的性命。那個船員這次工作的船途中會沉沒，原本他被逮捕後，會因為搭不上船逃過一劫，只因為你一句話，讓他坐上那條船，不會再回來了！』」

王萬里吁了口氣，「我們只是凡人，至於韓雪婣和華夢書被找到之後會如何，就讓老天爺決定吧。」

我一言不發，轉身按下飲水機開關，凝視熱水注入紙杯。

「我出去一下，明天早上回來，」王萬里拿起毯子和枕頭，塞進我手裡，「這個就交給你了。」

「我開車送你。」

「不用了，現在這種天氣走路比開車方便，你留在這裡也可以安撫韓老爺子。另外——」

「另外？」

「萬一真的找到他們，我不想看到你失望的表情。」他朝我眨眨眼，走出茶水間。

睜開眼睛，陽光從會議室唯一的窗戶射進室內，窗外透出天空清澄的藍，只有幾道水珠滑過玻璃的痕跡，證明昨天的那場暴風雨。

會議室牆上的時鐘指著早上八點，我們的客人渾身用毛毯裹得嚴嚴實實，分別蜷在會議桌兩端，兩張昨晚架好的行軍床上。

韓老爺子的那張床傳來窸窣聲。

「睡得還好嗎？要不要來點咖啡？」我走上前問。

「不，不用了，」坐起身的韓老爺子兀自揉著雙眼，「那個王先生回來了嗎？」

我還沒開口，一個身影掀開會議室門口，鑽了進來。

王萬里的風衣溼到可以擰出幾大桶水，零星的雨珠還不停從纏結成一綹綹的髮梢滴下。

「天啊，你還好吧？」華伯庸掀開毯子起身。

「我找到他們了，」我的夥伴走到會議桌旁，「他們正在往甘迺迪機場的路上，如果兩位行動快一點，應該還來得及。」

「等一下，」我說：「你怎麼知道的？」

「他們兩個人用收據裡的項目當密碼，告訴對方下次約會的地點。」王萬里從風衣口袋拿出收據。

「什麼？」韓老爺子躍起身。

「紐約的街道名大部分是數字，他們就把街名寫在單價，大道名寫在數量裡。因為不是真正賣出的數量和單價，所以他們會把藏有資料的項目劃掉。像這一張。」他抽出一張收據放在桌上，指著其中被刪掉的那項：

『鮑魚罐頭六罐，每罐1.49元，合計8.94元』

「把單價的整數部分拿掉，可以得到四十九；從數量可以得到六。——西四十九街和第六大道。猜得出來是那裡嗎？」

我想了一下，「洛克斐勒中心？」

「沒錯。」他點點頭，又拿出一張收據，指著其中一列劃上刪除槓的項目：

『泡菜五罐，每罐2.53元，合計12.65元』

「西五十三街和第五大道——」華伯庸抬起頭，「現代藝術博物館？」

王萬里頷首，又拿出一張收據，「這是他們開的最後一張收據。」

上面被刪掉的那一行寫著：

『泡菜七罐，每罐1.33元，合計9.31元』

「西三十三街和第七大道——」華伯庸低下頭，似乎在思考。

「在賓州車站附近，那裡有往甘迺迪機場的接駁車。」

「機場？」韓老爺子揪住我搭擋的風衣翻領。「現在還來得及嗎？」

「接駁車到機場大概要一個半鐘頭，」王萬里說：「不過我在樓下幫兩位叫了計程車，應該來得及。」

「那還等什麼！」韓老爺子鬆開領子衝出會議室，華伯庸和我們鞠個躬，跟著走了出去。

我望向王萬里。

「天啊，你還幫他們叫計程車，」我說：「萬里，你知不知道自己在做什麼？」

王萬里伸出手指，刮了我的臉頰一把。

「你——」

「昨晚你應該沒睡好吧？」王萬里端詳一下指尖，「要不要做個臉？」

韓老爺子和華伯庸步下賓州車站的月台時，韓雪嫦和華夢書正準備踏上車廂入口的階梯。

「給我站住！」韓老爺子連打帶踢推開人群，「你們兩個要去那裡？」

韓雪嫦跳下階梯，跑到她父親跟前，「爸，你怎麼過來了？」

「給我過來！」韓老爺子拉住她的手拖到華夢書面前，一把揪住他的領子，拉到和自己眼睛同高，「你這個混蛋，要把我女兒拐到那裡！」

華夢書握住老者的手，勉強抬頭望向他哥哥，「大哥，你們怎麼找到這裡的？」

「我們去『前鋒新聞』登尋人啟事，那裡的記者發現你們用收據通信。」華伯庸直直盯著他，「不過他們想哄我們到甘迺迪機場，幸好韓老爺子說要先來這裡看一看——你要到芝加哥大學唸研究所是很好，但為什麼連講都不講一聲？」

「因為你們一直反對雪嫦和我在一起啊，」華夢書說，「她也考上了芝加哥大學的商學院，我們原本想說安頓好之後，再和你們解釋——」

「喂，老先生，你一直拉著他的領口，這樣不太好吧——」一個提著皮箱，身穿西裝的上班族走到韓老爺子身旁。

「他是你的兒子嗎？少嚕嗦！」確定上班族駭退兩步後，韓老爺子轉回頭，「你他媽的連工作都沒有，憑什麼照顧我女兒？」

「爸，我已經長大了。」韓雪嫦握住她父親的手臂，試著拉開。

「妳長多大啊？從妳出生之後就沒離開過家，現在要跟這個連工作都沒有的混蛋一起走，叫我怎麼放心得下？」

「老爺子，你這樣拉著他也不是辦法，我們先上去車站大廳再說。」華伯庸也上前拉住另一隻手。

「大叔，」華夢書用力扳開韓老爺子的手握住，放到自己胸前，「拜託你給我一次機會好不好？」

「機會？你連工作都沒有，怎麼養活我女兒？」

「我在那裡的學生餐廳找到工作，這四年我會照顧雪嫦。」華夢書握緊自己掌心那雙粗糙的手，「我對雪嫦是認真的。」

「如果不是夢書幫我補習，我根本考不上芝加哥大學，」韓雪嫦說：「我已經長大了，爸。難道你要養我一輩子嗎？」

韓老爺子的臉鬆弛下來。視線不停在他們兩上臉上游移。最後停在華夢書臉上。

「你會好好照顧我女兒？」他開口問。

華夢書點頭。

他望向韓雪嫦，「以後四年爸爸不在妳身邊，什麼事都要靠自己了。可以嗎？」

韓雪嫦點頭。

「那好吧，我答應你們。」韓老爺子抽回被握住的手，站起身來。

「伯父，謝謝。」華夢書鞠了個躬。

「謝謝，爸。」韓雪嫦說。

「我不是妳爸爸。」韓老爺子說。

「爸！」

「開什麼玩笑，令尊大人會那麼好講話？」韓老爺子一面說，雙手握住耳朵往前一拉——我撕著臉上的假髮和矽膠，順便用袖子擦汗，「沒想到戴矽膠面具那麼熱。」

「習慣就好了。」華伯庸卸下假髮和臉上的矽膠，露出王萬里修長的輪廓。

「這到底是什麼回事？」不久前被我吼退的上班族摸著頭。

「我們是前鋒新聞的記者，在做關於群眾反應的實驗，」王萬里握住他的手，「抱歉讓您受驚了，謝謝您的參加。」

「我記得您，」韓雪嫦望向我，「您是不是以前常在我們家附近巡邏的那組刑警？」

「我現在是記者，」我跟韓雪嫦、華夢書解釋，「你們的家人到我們報社刊尋人啟事，剛好遇到我們兩個——」

「原本我還以為大哥真的和韓老爺子一起來了。」華夢書說。

「老實說，原來我的確考慮過這樣做，」我的搭擋說：「不過昨天晚上我拜訪兩位的老師，他們告訴我你們考上學校，連在那邊的生活都安排妥當了，你們還要老師過兩天之後才告訴你哥哥和韓老爺子，是不是？」

「韓老爺子那邊，我真的沒辦法說服他。」華夢書搔著頭髮。

「不過我們只拜託老師帶信給爸和伯庸哥，沒告訴他們搭火車過去。」韓雪婞說。

「哦，是這個告訴我的，」王萬里拿出那疊收據遞過去，「你們在最後一封信上寫得很清楚：『中午賓州車站見』。」

「原本我們想坐前天中午的『紅雀號』，不過遇到暴風雨列車停駛，只好在車站長椅上坐了兩天，還擔心家人會追過來——」韓雪婞伸出的手停了下來，「不好意思，您說您知道收據上寫什麼？」

「應該是吧。」

「天啊！」她一把抽過收據，臉頰閃過一抹紅暈。

「不過我沒告訴令尊和華先生內容，最近事情又忙，過兩天就會忘記上面寫些什麼吧。」王萬里聳肩，「兩位是怎麼想到用這個方法通信的？」

「我和雪婞以前逛文具店時，無意中想到的。」華夢書說：「不過當時我們都認為，應該不會那麼容易猜出來。」

「多虧令兄和韓老爺子的話提醒我，不然我也不可能發現。」王萬里說：「好好保存那些收據吧，說不定以後可以拿給兩位的孩子看。」

華夢書頷首，右手順勢摟住韓雪婞。

「真虛偽，」走進報社時，我說：「當初不知道是哪個人告訴我：『我們只是凡人』的？」

「抱歉了，士圖，」王萬里轉頭說：「畢竟你一直站在韓雪嫦和華夢書那邊，萬一在茶水間告訴你真相，你心情放鬆後，會被韓老爺子識破而已。」

「所以他們兩個不是像你講的那樣，用單價和數量約定見面的地點？」

「你想想看，商店為了方便顧客付款和找錢，金額一般都設成方便找零的整數。如果用單價表示街道號碼，可以用的數字就很少。況且如果一堆收據上都有刪刪改改的痕跡，韓老爺子也會起疑吧？」他從口袋抽出一支筆，「他們用來通信的工具，是這個。」

那支筆看起來像原子筆，不過筆尾多了個白色的橡皮頭。

「這是——」

「這種筆叫魔擦筆，」王萬里拿過一張Ａ４大小的影印紙，用手上的筆寫了幾個字，「看過倒進熱水就會顯現圖案的馬克杯嗎？這種筆的原理和那個差不多，不過魔擦筆的字跡在遇到攝氏六十度以上的熱度會消失。所以萬一寫錯字，用筆尾的橡膠摩擦筆跡，就會因為摩擦生熱而消失。」

他用筆尾的橡膠摩擦剛剛寫的字，橡膠擦過的筆劃逐漸轉淡，最後完全消失。

「除了摩擦之外，像打火機、爐火之類可以製造相同溫度的熱源，也可以讓筆跡消失。在日本就曾發生過考生把筆記本放在車子裡，筆記內容因為車內高熱完全消失的情形。」

王萬里拿起打火機點燃，在紙張下方轉了轉。影印紙上的字像鑽進纖維裡一樣化為無形，變回原來的白紙。

「那不就糗大了？」我說。

「所以這種筆都會標註警語，要求使用者不能拿來簽訂重要文件，還有用這種筆寫的文件必須遠離高熱，」王萬里拎著那張紙走進茶水間，「不過廠商的警語中，通常不會提到一件事。」

「哦？什麼事？」

「消失的魔擦筆筆跡，只要放在攝氏十度以下的低溫幾分鐘，就會重新顯現。」他打開冰箱冷凍庫的門，將影印紙丟進去。把門關上，「他們應該把魔擦筆當成祕密書寫的工具，寄信的一方將訊息寫在收據上後，加熱讓字跡消失；收到信的一方只要把收據放進冰箱，就可以看到訊息。」

「你怎麼知道的？」我泡了兩杯咖啡，將其中一杯拿給他。

「韓老爺子和華伯庸告訴我的。」

「他們有提到這個？」

「韓老爺子說韓雪嫦經常恍神，把收據放在燒水的電磁爐上。其實是韓雪嫦把用魔擦筆寫上訊息的收據，用電磁爐加熱讓訊息隱形，」王萬里啜了口咖啡，「華夢書拿到收據後，就放進冰箱讓字跡顯現。他可能等不及把收據拿回房裡，就在冰箱旁直接讀起韓雪嫦寫給他的信，所以華伯庸才會看到他在冰箱旁看著一張紙大笑的樣子。」

他將紙杯放在矮櫃上，打開冷凍庫門，抽出影印紙遞給我。

雖然紙上浮現的字跡很淡，但的確是剛才王萬里寫的字。

「昨天一進茶水間，我就把收據塞進冷凍庫裡，讓字跡浮現，」王萬里拿起紙杯，「晚上拜訪完韓雪嫦和華夢書的老師後，我找了間通宵營業的咖啡室，把每張收據上的訊息都看過一遍。才知道他們約好在賓州車站碰面，再搭火車到芝加哥。

「那你今天拿給韓老爺子他們看的收據是——」我問。

「我在咖啡室照著韓雪嫦的字跡仿造的。」

「不會吧？」我抬起頭，「萬一韓老爺子仔細想想發現不對，明天拿著霰彈槍到這裡興師問罪——」

「是嗎？我認為不會。」

「你不瞭解韓老爺子——」

「就算他真的來了，至少還有你在這裡。」他啜了口咖啡，「不是嗎？」

「我先說好，萬一他真的拿傢伙過來，我可不見得罩得住你。——」

「什麼！」報社所有人的視線轉了過來，我連忙摀住聽筒，壓低聲音，「你們昨天沒有去機場？」

「是啊，」電話線另一端的華伯庸說：「因為到機場的路很遠，路上又塞車，我們坐到一半，就開始聊天。」

「聊天？」

「我跟他說夢書平常怎樣在水果攤幫我的忙，打算未來要做什麼。韓老爺子起初還一直罵個不停，後來也開始講他怎樣一個人把女兒養大，她的女兒怎樣聽話，在學校功課如何。最後——」

「最後怎麼了？」

「車子還在皇后區時，韓老爺子叫司機停車，拉著我走進路邊一間沒去過的酒館，兩個人一起喝到晚上。韓老爺子喝到大醉，我只好叫計程車載我們兩個人回曼哈頓，順便送韓老爺子回家。」華伯庸說：「不好意思，兩位幫我們找到人，我們竟然沒到機場去，辜負了兩位的好意，真的很抱歉——」

「那裡，那裡。」我掛上電話，平時看慣的辦公室現在看起來格外不真切，好像在另一個時空。

「出了什麼事？」王萬里提著一隻購物袋走了過來。

「好吧，我認輸了，」我攤開雙手，「你到底做了什麼？」

「我找了半人馬載他們去機場。」他拉開辦公椅，坐在我身旁。

「半人馬？跑法院的半人馬？」

『半人馬』的名字叫阮福朗，越戰時他的村莊遭到美軍B-52轟炸機轟炸，阮福朗只來得及把弟弟和妹妹塞進地道，他自己還沒鑽進去，燃燒彈已經掉到茅屋門口，夾雜火燄的爆風燒焦了他右側的臉和身體。

隔天一支美軍偵察隊經過村莊，隊中的軍醫將阮福朗弟妹三人帶在隊伍中，輾轉帶到美國接受治療，軍醫院救回了阮福朗的命，換來的是覆蓋右側身軀的大片咖啡色傷痂，如同火燒後枯枝的右臂，還有因為吸入性燒傷，只能發出呻吟聲的聲帶。

帶著弟妹搬到紐約市後，阮福朗靠著在建築工地搬水泥，在餐廳洗碗之類的雜活贍養家人。一年前貸款買了部計程車在華埠一帶載客，半邊英挺，半邊駭人的外貌在同行間獲得了『半人馬』的綽號，也嚇跑了不少客人，甚至差點還不出貸款。萬里和我半年前坐過他的車之後，王萬里介紹他和一些律師事務所認識。

事務所裡的律師和法務人員平時除了跑法院，還要送文件給某些不受歡迎的人物，像是送保護令給毆打老婆的丈夫、送通知給醉酒虐待孩子的家長、送傳票給因為戀童癖被起訴的怪叔叔等等。和西方人相比毫不遜色的身高加上外表，讓平時耀武揚威，口沫橫飛的傢伙就像唱詩班的小男孩一樣乖巧。對新進律師和法務人員而言，等於多了個額外的保鑣。小費也給得特別大方。後來『半人馬』不但可以支付貸款和家計，還可以有多餘的心力到夜校讀書，修習法務人員的研習課程。

「從這裡開車到機場，最快也要一個鐘頭，加上之前暴風雨堵塞交通，路上一定會塞車。」

「然後呢？」

「塞車時最好打發時間的辦法就是聊天，但是半人馬不能開口講話，他們只好和對方聊，」王萬里說：「從談話你可以發現，華伯庸的性格並沒有像韓老爺子那麼火爆，有一個鐘頭的時間，很多誤會和懷疑都可以解釋。」

「最好你說的是真的，畢竟我還沒看到韓老爺子。」辦公桌的電話響起，我拿起話筒：「喂？」

「小鬼？」
「噢，韓老爺子，」我望向王萬里，指指話筒，「昨天有找到你女兒嗎？」
「呃，我想通了。」
「慢著，你說『想通了』是什麼意思？」
「昨天我和那小子的哥哥談了一天，仔細想想，那小子在教雪嫦的時候也很盡心，我看他人也很老實，」電話裡傳來一聲長嘆，「女兒大了，總是要嫁人的，如果雪嫦真的喜歡他，就給那小伙子一個機會吧。」
「這樣啊——」
「不過老實講，為了我女兒讓你們兩個人跑了一天，真的——呃，很抱歉，」韓老爺子說：「我剛才帶了幾瓶泡菜去你們報社，交給那個王先生。另外我這裡還有醃魟魚——」
「不要！」全辦公室的視線又轉過來，「不用了，謝謝，您留著自己吃吧。」
「是嗎？幫我向王先生道謝，順便提醒他一下，以後如果我女兒有什麼麻煩，還要多多靠你們幫忙，小鬼。」
我掛上聽筒，轉向王萬里，「不公平，萬里，為什麼韓老爺子叫你『王先生』，對我就叫『小鬼』？」
「這個嘛——」我的夥伴手伸進購物袋，拎出一玻璃瓶豔紅色的泡菜，「茶水間的冰箱裡好像有德國香腸，不知道配泡菜怎麼樣？」

（本篇完）

後記

在動漫界有一對相當著名的組合名詞「東京雙煞」。

指的是某個名叫金田一一的高中生，還有一個名叫江戶川柯南的小學生。

他們兩個人雖然搭檔沒幾次。

但將他們聯想在一起的原因，是只要他們兩個人任何一個在場，幾乎都會出人命。

事實上不只是他們兩個。

在推理小說中，只要偵探在場，大部份都會出人命。

有一種說法認為，因為生命是最貴重的資產，殺人是最嚴重的罪行。

用被害者的生命當招牌，才能吸引讀者掏錢，搭上由偵探導覽的觀光行程，並且一路坐到終點站。

不過基本上，推理小說的作家大部份都是愛好和平，喜歡扶老太太過馬路跟照顧流浪狗的正常人類。

除了在作品中殺人放火。

很多作品也嘗試像竊案、失蹤、套出某人不想告訴別人的秘密。

或是像這次作品中王萬里跟霍士圖做的，找出私奔情侶之類，比較「不傷人」的案件。

要提醒大家的是，裡面關於魔擦筆的細節大部份是正確的。

除了有一點。

魔擦筆是在二〇〇五年由日本Pentel的研究團隊研究成功，在二〇〇六年上市。比王萬里和霍士圖活躍的年代晚了二十年。

不過在裡面為了小說效果，把這項發明提前了一點。還請大大多多包涵。

FRANK LLOYD WRIGHT
2c
U.S.POSTAGE
EGYPT
50PT
We hold these Truths...
DEL TEATRO GRECO DI
I.P.Z.S. S.p.A. - ROMA

西是西，東是東

噢，東是東，西是西，雙方永不交會。

Oh, East is East and West is West, and never the twain shall meet.

——拉迪亞德・吉卜林（Rudyard Kipling）

我們是在一九八五年六月的某個星期天晚上，在甘迺迪機場認識陸子娟和她父親的。

當時在前鋒新聞任職記者的王萬里和我正要坐午夜的紅眼班機，到愛爾蘭的香農機場，拜訪一個很久不見的友人。

快到午夜時的機場沒有多少人，我們兩個人拖著機場幾乎人手一個的拉桿行李箱先到咖啡座喝杯咖啡，順便盤算一下通關之後，在免稅商店要買些什麼給在愛爾蘭的友人。

咖啡座用鬆成黑色的鋼樑，在機場的穹頂下框出空間容納吧台，還有巴黎戶外風的咖啡桌椅。裡面只坐了不到十個人。

或許因為如此，陸子娟跟她父親的對話才能傳得那麼清楚，想聽不見都辦不到。

「我要回去了。」我們剛遣走侍者，角落一個身穿灰色西裝，肩膀寬闊，只能看到後腦舒緩白髮的男子起身。

「爸，再等一下吧。」坐在他對面穿著T恤和牛仔褲，理著齊耳短髮，有一對閃閃發亮大眼的女子起身拉住他。

「我們已經等了一天了！」男子的嗓門拉高了不少，「妳剛從內地出來，不了解這裡，這種人根本沒認真對待妳，妳也該醒了！」

男子離開座位，快步走向出入口，女子小步跟在後面。

他走過我們身邊時，我的夥伴開了口：「是陸尚羽陸先生嗎？」

男子停步轉頭，國字臉上的銳利眼神停在王萬里臉上，「王先生？」

「好久不見了。」王萬里微微頷首。

「哎呀，真是的，沒想到會在這裡遇到您，」他伸出跟扇子一樣大的手，抓住我夥伴的手猛搖，眼光掃過旁邊的我，「不會吧，連霍先生都在？」

「叫我士圖吧，」我笑了笑，「論年紀，您可是我們兩個的長輩呢。」

「別這麼講，」他抓住我的手用力搖晃，天啊，恐怕我在上飛機之前，手腕就會脫臼了，「你們兩位是我的恩人。」

「爸，這兩位是——」旁邊的女子開口問道。

「這兩位是王萬里和霍士圖，」陸尚羽在我們兩人肩頭用力一拍，他目前從紐約到洛杉磯，數百家冷飲店的身家，全是靠著他四年前從下東城一家小小的涼茶舖，用這雙手一杯一杯搖出來的，「我當年全靠他們當年幫忙，才能有現在的事業。這是我的女兒子娟。」

「謝謝兩位照顧家父。」女子鞠了個躬。

「這個嘛，我們還真的沒照顧令尊什麼，」王萬里說：「三年前我們第一次見面時，我還失手打破他店裡的宋瓷花瓶呢。」

「什麼？花瓶是假的？」陸子娟說。

「當時王先生要我去找鑑定師鑑價，如果是真的，他願意照價賠償，」陸尚羽說：「結果鑑定師說是現代的贗品，王先生還陪我去古董行，讓他們退還所有款項。」

「香港有些仿冒集團可以找到相同的原料，做出有時連現代科技都檢查不出來的贗品，」王萬里說：「像瓷器有時候必須敲碎檢查斷面，才能判定是不是仿冒的。問題是又有誰敢這麼做？」

「當年我會買那支花瓶主要是想把錢存下來，後來多虧王先生指點我買古文物的竅門，還有信得過的古美術商，我才能慢慢攢下日後開分店的錢。」

陸先生父女坐在我們對面，他還幫我們多叫了一杯咖啡。

我貼近王萬里耳邊，「你是故意打破那只花瓶的吧？」

「我只覺得那隻花瓶敲起來回聲不大對勁而已，別說出去喔。」王萬里轉向陸先生，「不過，我不知道陸先生是怎麼認識士圖的。」

「四年前我在下東城開涼茶鋪時，有一群小夥子天天來砸店，威脅我要交保護費，」陸先生說：「當時霍先生和同事是便衣警員，剛好巡邏經過我的店。」

「沒什麼啦，」我在擔任記者之前，在紐約市警局當了五年的警察，「當時我剛從英國受訓回來，同事告訴我要跟地方建立良好關係，於是我去，嗯……拜訪了一下那些年輕人跟他們的老大。」

「奇怪的是，霍先生經過我的店之後，那些年輕人就沒有再出現過了。」

王萬里靠了過來，「你該不會——」

「他們從老大到嘍囉四十幾個那晚全進了急診室，而且在裡面躺了半年才出院。——麻煩大家彼此彼此，別說出來喔。」我瞥了陸子娟一眼，「不過呢，我們可從來沒聽說您提過自己有女兒。」

「我去年託人從內地帶出來的。」陸先生嘆了口氣，「五年前我在紐約跳船，生意安定下來，攢了些錢之後，就一直找關係把他們帶出來，但直到去年才成功。」

「陸小姐現在還在唸書嗎？」王萬里問。

陸子娟點頭，「在ＮＹＵ唸藝術，大一。」

「如果她看朋友的眼光更準一點就好了。唉！」陸先生往後一把倚在椅背上。

「爸！」陸子娟搖著她父親的胳膊，「他不是那種人啦！」

「不好意思，」王萬里端起咖啡抿了一口，「不介意的話，能告訴我們發生了什麼事嗎？」

「有時候講出來，會比較舒服點哦。」我說。

「這樣嗎？」陸先生望向我們，再看著他女兒，「好吧，子娟，妳跟王先生和霍先生講一下，讓他們評評理也好。」

「我跟小邰是在大都會博物館認識的，」陸子娟笑了出來，「他叫邰家安。」

「我懂了，」王萬里點頭，「大都會博物館？」

「上個月大都會有宋代畫家的書畫珍品展覽，我是藝術系學生，也是華人。所以就去看展覽，蒐集寫報告的資料。

「那時我在一幅黃庭堅的草書前，試著看上面寫些什麼，他那時也把鋼絲邊眼鏡架在額頭上，瞇著眼睛，湊在下面的告示牌，像是在試著弄清楚上面寫些什麼。

「當時他回頭看了我兩三眼，最後一次才用英文開了口：

「『小姐，不好意思，您是華人嗎？』

「『我是。』

「『太好了，剛才來了幾個，都是日本觀光客，我講什麼他們都聽不懂。』他拿下前額的眼鏡，將手指穿過空空如也的鏡框，露出不好意思的笑容，『抱歉，我的眼鏡鏡片摔破了，請問您知道這塊牌子上的英文寫些什麼嗎？』

「我走了過去，『上面寫這是一位名叫黃庭堅的宋朝書法家的作品。』

「『謝謝，您的英文聽起來很不錯。』

「『可惜對做報告沒什麼幫助，』我說：『我在這幅字前面站了快一個上午，只看得懂幾個字。』

「『是這個嗎？』他瞇著眼睛望向玻璃櫃裡的字帖，一個字一個字唸了起來：『廉頗者，趙之良將也。趙惠文王十六年，廉頗為趙將伐齊——』

「『您看得懂？』

「『我以前在台灣的大學唸國文系。草書還看得懂一些。』他說：『而且跟告示牌的字比起來，字帖上的字要大得多。』

「『如果不介意的話，今天可以幫我看一下這些字帖嗎？我是藝術系學生，正在寫關於中國書畫的報告。』

「『我很樂意。』他笑了笑，『我今天也需要有人幫忙翻譯這些告示牌。』

「雖然這麼說，但我們只在展示廳待了一個上午，」陸子娟瞇著眼睛，臉上帶著一抹笑意，似乎眼前是大都會的展示廳，而不是機場的大廳，「整個下午直到博物館關門，我們都坐在裡面的咖啡廳聊天。

「他國文系畢業後，在台灣山區的一間小學教書。存了幾年錢之後，想來美國看看，順便拍點幻燈片回去當教材。

「我們聊在美國和台灣唸大學的情況，那所山區學校的風景，學生帶他去溪裡抓蝦，我在大學的教授，同學，還有要寫的報告。直到博物館要關門了才出來。外面的第五大道已經塞滿了準備下班回家的私家車，幾個從中央公園跑過來的路跑者跑過我們面前。

「『你會在這裡待多久？』我問他。

「『明天，』他說，『我跟旅行團坐下午的飛機回去。』

「『可以陪我去一個地方嗎？』

「『我很樂意，』他說：『畢竟今天是母親節，不是嗎？』

「『這跟母親節又有什麼關係了？』」

「慢著，」陸先生從椅背上直起身子，瞅著他女兒，「妳帶那個傢伙——去什麼地方了？」

「爸，」陸子娟笑了笑，拍拍她父親握住椅子扶手，關節已經泛白的手背，「我只不過帶他去看媽而已。」

「陸太太也有來美國嗎？」我問。

「我將她跟女兒一起接出來的，不過在內地吃了不少苦，身體不大好，必須在醫院長期休養。」他坐回椅背，「後來呢？」

「我帶她到病房見我母親。

「『這是你的男朋友嗎？』當時母親問。

「『只是您女兒託我我幫您買母親節的禮物而已，』他將我們在路上挑的花，插進床頭櫃上的花瓶裡，『母親節快樂。』

「我們在病房談了很久，他告訴母親說我在大學過得很好，要她安心養病，不用擔心。

「後來我們看探病時間快到了，準備離開。我要跟著他離開時，母親要我等一下。

「『這個男孩子不錯，』母親輕聲說：『要好好珍惜他喔。』

「我跟著他走出醫院，外面嘩啦嘩啦下著大雨。雨水在門外拉開一道不停閃爍大廳燈光的簾幕。

「『我拿把傘給你。』我說。

「『不用了，我到外面攔計程車。』他扶著我的肩膀，『好好照顧伯母。』

「他話一講完就衝進雨幕裡，我停了兩秒，也跟著衝了進去。

「大雨一下子把我全身淋濕，我撥開蓋在臉上的水和頭髮，隱約看到他在大雨中打開計程車後座，正準備坐進去，連忙跑上前從後一把抱住他。

「『妳怎麼過來了？』他轉過頭。

「『我還可以再看到你嗎？』

「他拉著我坐進後座，請司機轉個彎開到醫院門口。

「『我申請了獎學金，今年我會來這裡唸研究所。』他的聲音有點緊張，『我會再回來這裡，到時候能讓我跟令尊見個面嗎？』

「我們在車上約定今天在機場見面，他還給我一張名片，上面是他在台灣學校的地址和電話。

「『那天再見了。』他緊緊一把抱住我，就將我送出車外。」

「那名片呢？」陸先生問。

「我回到媽的病房時，才發現名片不見了，」陸子娟說：「後來我在大門跟病房間找了好幾遍，還問過大門的櫃臺和護理站，但是怎麼也找不到。」

「所以妳唯一記得的，就是今天和他在機場見面？」

「所以我今天才會帶您到機場來，沒想到從早上等到現在——」

陸子娟頭低了下來，隱約能聽到啜泣聲。

「傻孩子，」陸先生一把抱住他的女兒，「你們就像東邊和西邊一樣啊。」

「東邊和西邊？」我愣了一下。

「East is East and West is West, and never the twain shall meet.」王萬里說。

「『東是東，西是西，他們永不交會』。」陸子娟抬起頭，吸了吸鼻子，「是吉卜林的詩嗎？」

王萬里點頭。

「所以，孩子啊，」陸先生輕撫他女兒的頭，「妳就死了這條心吧，那小子不會來了。」

「抱歉，陸先生，」王萬里說：「我可不這麼認為。」

「啊？」

「我們待會要去愛爾蘭，可能在那裡要待很久，所以沒辦法講得很清楚，」他拿出報社的名片，在背後寫了幾個字，放在咖啡桌上推了過去，「如果不介意的話，這一天方便請兩位再來這裡見個面嗎？」

陸先生拿起名片，「一個半月後？」

「如果我的推斷沒錯，那位郜先生會在那天過來。」

「好的，我相信你，」陸先生拍拍他女兒的肩頭，起身準備離開。

陸子娟走了幾步，轉過身來，「王先生，您真的認為——」

我的搭檔點了點頭。

陸子娟還帶著淚痕的臉龐上綻出一抹笑意，回頭跟在父親身後。

「萬里，我被搞迷糊了，」確認陸先生父女離開後，我問道：「你怎麼確定那天郃先生會過來？」

「這個嘛，只不過是表達上的問題而已。」王萬里說。

「表達上的問題？」我抬頭望了咖啡廳四周。嗯，我懂了，「不過，萬一郃先生一開始就不想來呢？」

「這樣的話，就只能算我們倒楣囉。」王萬里說：「我們還是先關心眼前的問題吧，你覺得帶兩瓶這個牌子的威士忌怎麼樣？」

約定的日子那天早上，萬里和我走進咖啡廳，陸先生和他女兒已經坐在其中一張咖啡桌旁，望向進出的旅客。

「王先生，」他招呼我們兩人坐下，「今天就麻煩您了。」

「大家彼此彼此。」我的夥伴坐了下來。

我不由得轉頭望向通關入口的跑馬燈告示板，上面正閃過一排字：

『史蒂文斯安克拉治國際機場因暴風雪關閉』

旅客一群群進出通關閘口，幾個旅客拖著行李箱匆忙走進咖啡廳，跟櫃臺點完飲料後就找位置一屁股坐下，話聲隱約傳了過來：

『喂，你們怎麼還在這裡？』

『沒辦法，現在往亞洲的飛機全塞在安克拉治，恐怕要等到明天才走得了。』

『要一起坐計程車回曼哈頓嗎？』

『不用了，我想到這裡再等等看，大不了睡在機場。』

「看樣子往亞洲來的飛機也塞在安克拉治。」陸子娟望向她父親，「爸——」

陸尚羽望向通關閘口，一言不發。

大廳落地窗外的天色逐漸變暗，點綴著零星的星光，還有起降班機的航行燈。

進出通關閘口和咖啡廳裡的旅客愈來愈少，最後只剩下身穿制服的清潔工，拖著插滿工具的拖車在大廳踱步，拖車塑膠輪沉重的轆轆聲在偌大的空間中迴響。

「沒想到還是這樣啊，」陸先生緩緩起身，「我們回去吧，子娟。」

「很抱歉。」王萬里起身鞠了個躬。

「爸，再等一下吧。」陸子娟跟在他父親身後，挽著陸尚羽的手無力到似乎連將他留下來都做不到。

我們走出咖啡廳，一個聲音在大廳中炸開：

『等一下！』

我們抬頭望向聲音的來源，一個瘦高個子，只穿著短袖白襯衫、黑色西裝褲的男人站在通關闔口，他的黑頭髮蓬亂得像某個樹上的鳥窩掉在頭頂，尖下巴蓋了一層細細的鬍渣，夾著血絲的眼瞳透過鋼絲框眼鏡的圓形鏡片盯著我們。

陸子娟朝著男人跑去，還剩幾步時一躍而起，一把抱住了他。

「你終於來了，你終於來了——」她像唸咒一樣反覆唸著，彷彿只要停下，懷裡的男子就會突然消失一樣。

「抱歉，我的飛機卡在安克拉治了，」男子抬起頭，目光停在陸尚羽臉上，「是伯父嗎？」

「怎麼這麼晚才來？」陸尚羽說。

「事實上，他並沒有晚到。」王萬里說。「因為他跟陸小姐認定見面的日期不一樣。」

「不一樣？」陸子娟轉過頭。

「陸小姐認為郜先生跟他約定下次見面的日期是在六月，」我的夥伴說：「郜先生，如果我猜得沒錯，當時您應該跟陸小姐約定的是：在『父親節』那天見面吧？」

「是啊，」郜家安搔搔頭頂，「當時剛好是母親節，我又在那天見到伯母，所以我想在父親節跟伯父見個面，請他，嗯……同意我們兩人交往。」

「父親節不是六月的第三個星期日嗎？」陸子娟問。

「那是大部分地區的父親節，」我望向打穹頂垂下的跳字時鐘，上面的日期牌翻在『八月八日』，「不過台灣的父親節呢，是今天，或許是因為中文的『八』和『爸』是諧音的關係吧。」

上次要不是王萬里提醒，我才留意到當時咖啡廳鐵架上和吧台，滿滿掛著的『Happy Father's Day』和『Happy Daddy's Day』花體英文吊飾。

「你們兩個人各自在腦海中，把聽到的日子轉換成自己熟悉的日期，卻差點錯過了最重要的重逢時刻。」王萬里停了一下，「好好記下這個故事吧，以後或許能講給兩位的孩子聽。」

郜家安和陸子娟笑了出來，陸子娟回過頭，「對了，你的行李呢？」

「全丟在安克拉治機場了，」郜家安拍拍手上的一個牛皮紙袋，「我只帶了護照跟學校報到要用的文件。」

他打了個噴嚏，我脫下外套交給他穿上。

「那你是怎麼從安克拉治過來的？」陸尚羽問。

「我在安克拉治的候機室等班機起飛時，有個穿著飛行皮夾克跟牛仔褲，像艾蜜莉亞．伊爾哈特的女孩子，舉著一張寫著我中文名字的Ａ４紙，我一舉起手，她就叫我跟著她走到停機坪，要我坐進一架小飛機的後座，塞了一包嘔吐袋在我手裡，然後她跳進駕駛座，開著飛機飛了四個鐘頭，把我載到西雅圖的國際機場。

「西雅圖的候機室有另一個穿著黑西裝的男人，也舉了張寫著我名字的紙，他塞給我一張從西雅圖到紐約的機票，一路拉著我從劃位到報到櫃臺。」

陸尚羽瞄了萬里和我一眼，「你確定不認識這兩個人嗎？」

「不。」

「人的緣分就是這樣，就算東是東，西是西，還是有可能交會的，」王萬里說：「畢竟地球是圓的，不是嗎？」

「好吧，小子，你真的很夠運，」他在郜家安的肩膀上用力拍了一記，後者皺起了眉頭。

我嘴角忍不住浮起笑意，好好體會岳父大人的愛吧，小子。
「我是子娟的老爸，你想跟我談什麼？」

「請問艾蜜莉亞·伊爾哈特小姐在嗎？」我說。
「要死了，誰叫我這個名字？」聽筒中響起一聲嬌叱，「你不知道伊爾哈特最後開飛機在太平洋失蹤，連飛機殘骸跟遺體都找不到嗎？」
「今天辛苦了。」
「別鬧了，我們平常開回去諾姆的天氣，都比今天要糟得多。」聽筒裡的話聲停了一下，「不過那個小子好像真的不習慣坐飛機吔，他在四個鐘頭裡，把一整包嘔吐袋全用完了。」
嗯，我知道為什麼部家安在通關開口，會是那個樣子了。
「妳沒找個加油點什麼的先停一下，讓他喘口氣吐個夠嗎？」
「我跟他提過了，不過他說在趕時間，要我不管他吐成怎樣，都一定要飛到西雅圖。」
「這樣啊，」沒想到這傢伙還挺強悍的，「爸還好嗎？」
「還是老樣子，每天管交易站、幫人看傷科跌打、練拳。——對了，爸問你什麼時候回來？」
「我有時間就回去，」我說：「妳忘了嗎？爸開給我的那個作業，我還沒做完呢。先掛了，拜。」

深夜甘迺迪機場的公共電話沒幾個人，我掛上話筒，一整排公用電話只有最後一部前面，隱約能看見深黑色的人影。

我走了過去，身穿黑色風衣的王萬里正拿著話筒。

「謝謝，機票錢我會匯過去。什麼？他堅持要付機票錢？還把原先安克拉治到紐約的票跟你們交換？沒關係，就照他說的做吧，再見。」

他掛上電話，回頭看見我。

「看樣子，我們都做了同樣的蠢事。」他微微揚起嘴角。

「西雅圖那個人是你的朋友嗎？」我說。

「他在西雅圖開律師事務所，」王萬里點頭，「他們經常拿機票跟文件給證人和被告，帶他們到指定的地方出庭。這種事對他們來講是家常便飯。——安克拉治那個伊爾哈特是誰？」

「她叫霍士文，是我妹妹，平常開飛機幫家裡的交易站送貨載人，海岸防衛隊跟港口需要時，她也會開飛機出去協助搜救。」我聳聳肩，「那種都是機身結構跟引擎額外加固，專門用來搜救用的水陸兩用機，速度慢了點，不過相當結實，我自己也開過。——不過我原本只想要她把他載到西雅圖之類氣候比較好，有班機到紐約的機場，沒想過真的有人會在西雅圖等他。」

「我也只是認為他應該會想辦法到西雅圖，才找朋友在那裡等他。」

「不知情的人，應該會認為我們是事先串通好的。」

「即使東是東，西是西，最後還是會交會在一起啊。」

「可不是嗎？」

（本篇完）

後記

首先，除了台灣，世界上還有很多地方不是像美國一樣，在六月的第三個星期日過父親節。

像韓國是在五月八日（在韓國稱為「雙親節」）。

義大利是在三月十九日。

想知道更詳細的朋友，可以在維基百科查詢「父親節」條目。

就像小說裡因為對於「父親節」日期認知不同，差點拆散一對情侶那樣。

文化的差異，有時造成的誤會是非常嚴重的。

一次大戰時，中國的北洋政府輸出了大量的華工到歐洲戰場，協助協約國構築戰壕等作戰工事。

問題是第一批到達歐洲戰場的華工還沒開始幹活，就在營區暴動。

原因在於英軍的工頭第一天上工時，不斷喊著英語的「Go」，催促華人集合，準備上工。

但是在不諳英語的華工聽來，原本沒有惡意的「Go」就變成了帶有侮辱性質的「狗」。

不過，有時文化差異也會造成很有趣的結果。

百事可樂曾經有一句廣告詞：『Pepsi brings you back to life.』

在為了進軍中國而翻成中文時，曾經被不諳中國民情的譯者翻成『百事可樂讓你死而復生』。

呃……中元節要考慮買箱百事祭拜好兄弟嗎？

FRANK LLOYD WRIGHT
2c
U.S.POSTAGE
EGYPT
50PT
We hold these Truths...
I.P.Z.S. S.p.A. - ROMA

生命的牛糞和冰淇淋

唐宇威正坐在廣場旁紅白相間的遮陽傘下。

「你遲到了。」他站起身。

「現在是中午，外面正在塞車，」我咳了一聲，「而且我原本以為，你應該不太想見到我。」

我和唐宇威是從小打到大的朋友——不，這句話應該要修正一下，通常是我挨打的時候比較多。

在我小時候的印象中，唐家是全市屈指可數的望族，幾乎每條路上都有唐家的土地，房產、公司或商店。家母當時在唐家的廚房工作，加上我們兩人是國小和國中同學。所以我們上學時玩在一起，回家後也打在一起。不過唐宇威比同年紀的男孩起碼要高一個頭，結局多半是我被打得鼻青臉腫，而唐宇威的屁股也免不了挨幾板子。

國中畢業那年，家母用工作時存下的錢開了間飯館，我也離家到外地唸書，而唐宇威大學只讀了兩年，就休學在歐洲四處打工，做些像洗碗、計時人員之類的臨時工作，高興時在停留地讀幾個月的遊學課程。等到我大學法律系畢業，在一間專打離婚、車禍訴訟的小律師事務所工作幾年後，有一天，唐家的老管家通知我唐宇威的父親過世，我則是遺囑裡指定的執行人。

根據會計師的結算報告，唐家大約有將近二十億左右的資產，如果加上在商店中的存貨和應收帳款，這個數目還會多個好幾億。遺囑中將唐家大部分的資產委託給唐伯父生前創立的慈善基金會管理，每個僕人都分配到一筆不算少的金額，如果他們願意繼續服務，這筆錢也可以按月支付。

不過對於唐家唯一的繼承人，遺囑中只給了唐宇威五十萬元，唐伯父留給我一封信，遺囑上說如果五年內，唐宇威能以信中所期望的方式使用這筆錢，就可以從基金會繼承所有的產業，否則這筆產業將永遠交由基金會管理，而孳息將捐給市內的慈善團體。而我的工作之一，就是監督唐宇威是否能善用這筆錢。

『我寧願養一群孤兒寡母，也不要養一個敗家子。』信上說。

『那好得很，不過，為什麼還選我？』我問。

『我知道你從小就被宇威欺負到大，除了稍稍彌補你之外，我相信你絕對不會對他留情。』唐伯父在信上回答我。

根據大部分肥皂劇的劇情，多半唐宇威會吃喝嫖賭一兩個月，把錢花完後，從此過著貧困潦倒的生活。不過唐宇威似乎不太服從編劇的安排，他和幾個在歐洲浪遊時認識的友人合夥，在市內開了家創意設計公司，幾年內因為承接幾個相當成功的活動企劃而成名，今年公司的資產額剛跨過一億元門檻，公司也搬到市中心的商業大樓頂層。今天他約我見面的行人徒步區，也是他和市政當局合作的開發案之一，除了全區廣告物的獨家代理權之外，他的公司每年還可以分得租金收入的百分之二十。

「有沒有興趣把律師事務所開在這裡？」女侍端上咖啡後，他挪近椅子，「我可以幫你租到位置好一點的店面。」

「在這裡有什麼案子可以接？」徒步區的紅磚路上泰半是身穿T恤和百慕達短褲，耳朵裡塞著耳機的高中生，他們離律師事務所門口的台階，恐怕還遠得很，「我原本要提醒你，今年已經是第四年了，不過看起來，你應該不太需要這筆錢。」

「或許像爸說的，這筆錢用來照顧孤兒和貧民可能會好一些，」他拉過一份報紙，瞄了一眼後丟在桌上，「不過，這樣有用嗎？」

報紙上有一個穿著雙排扣西裝，初老男子的大頭照，照的是本市的富豪杜英業，他昨天剛贊助一所小學的管樂隊，到維也納參加比賽。

「這很不錯啊，」我拉過報紙端詳，「至少這些學生有機會可以到外地去。」

「你不會覺得這很像交易嗎？用他們的尊嚴，交換我們的虛榮。」

「你說得太嚴重了。」我正想開口時，一陣清脆的笛聲飄了過來。

笛聲來自紅磚道中央一個正在吹奏木笛的小女孩，她的個頭不高，梳著高中生的短髮，藍色外套和長裙組成的高中制服套在瘦小的身形上，顯得有些弱不禁風，她的手指歡快地在木笛的音孔間跳躍著，輕巧的舞曲曲調飄散在空氣中。腳尖前有一只打開的馬口鐵餅乾盒，裡面有數十枚一元和十元的銅板，和幾張百元大鈔。

除了幾個停下腳步的路人外，扛著攝影機的攝影師、燈光師和正在補妝的女記者，在女孩四周圍成一堵鬆散的牆，一分鐘前我在報上打過照面的初老男子，正站在女孩身旁，雙眼微微瞇起。

我和女侍打聲招呼，「那個女孩是—」

「她叫韓舞霜，每個假日都會在這裡吹木笛，已經有一年了，」女侍眼睛吊向快曬融的天棚，似乎在搜尋腦中模糊的影像，「聽說是為了籌措到美國唸音樂學院的學費。」

「那怎麼會有記者？」

「前幾天報上登出她的新聞後，好像那個老先生要資助她的學費的樣子。」

唐宇威指節敲敲桌面，「走吧，我們過去看看。」

我們兩個人走上前，女記者已經擦好粉底，正在訪問杜英業。

「我和韓小姐的父母討論過，他們都是很普通的小公務員，也很尊重她的選擇，我認為資助有這類天賦的年輕人，是我們責無旁貸的義務，」杜英業說：「對了，要不要問問韓小姐的意見？」。

「韓小姐，請問妳有什麼話對杜先生說？」女記者將麥克風對準韓舞霜，後者的雙唇仍然抿住木笛吹口，眼光專注地望向面前四十五度角的地面。

人群中傳出一個聲音：「沒用的啦，妳要等她吹奏完，她才會說話。」

在攝影機前被糗，女記者的表情有些僵硬，她的眼光在四周人群的臉上游移，似乎要找出一張肯開口的嘴。

最後，女記者將目標放在我的朋友身上。

「咦，您是唐宇威先生嗎？」

「是的，」我的朋友點頭，「我今天剛好過來，檢查整個徒步區的情況。」

「剛才您聽過韓小姐的演奏，您覺得她的演奏如何？」

「這個——」他停了一下，「坦白說，我覺得難聽死了。」

四周霎時一片死寂，韓舞霜放下木笛，視線直直地停在我朋友的臉上。

唐宇威回過頭，擠出人牆，我跟在他後面時，還可以聽到杜英業打圓場的聲音：「沒關係，這只是他個人的意見，關於資助的事——」

我朋友的臉當天晚上就登上了晚報和夜間新聞的頭條，他的名字有一個禮拜反覆出現在談話性節目的Call In時段中，後面通常會跟著某些爬蟲類、兩棲類或哺乳類偶蹄目動物的俗名，而且中文、英文和閩南語都有。

傳播媒體也花了同樣多的時間在韓舞霜身上，從她自學木笛演奏，身為教師與區公所職員的父母，住在郊區的國民住宅，坐公車上學及到徒步區等等，但隨著新聞焦點轉向油價高漲、女明星走光及男藝人劈腿，她也逐漸從我的記憶中淡出。

直到一個月後的某個下午，剛回到事務所，我就像大部分回家的單身漢一樣，打開電視和冷氣，然後拉開冰箱門找啤酒。

「關於資助的事，很抱歉，因為家人的反對，所以沒有辦法幫韓小姐圓夢，我在此對韓小姐——」

一個熟悉的聲音拉住我的耳朵向後轉，杜英業穿著那件熟悉的西裝站在電視裡，他低著頭，鼻尖緊貼著講台。

下一個週末，我找了個藉口到徒步區去。當天正好下著大雨，大滴的雨水從深暗的雲層落下，重重地敲在紅磚道上。稀落的過客倉促地擠進兩旁店家的騎樓，空氣中可以聞到濃稠的濕氣及汗臭。

韓舞霜的領地退縮到騎樓的柱子旁，她如同當時一般雙手按住木笛，眼光專注地落在面前的地面，輕緩的音符似乎有些怕生，像從傘蓋上滑下的雨珠，零散地打進耳鼓裡，那個餅乾盒還放在她腳尖前，但卻是空的。

我走到上次和唐宇威碰面的咖啡館，唐宇威的座位現在坐著一個臉孔瘦長的白髮老者，他穿著簡單的短袖白襯衫和百慕達短褲，歐洲人的淺藍眼瞳正落在面前的平裝英文小說中。

「我可以坐這裡嗎？」我用英語問道。

「請坐。」老者用華語回答，手還做了個『請坐』的手勢。

「您會說中文？」

「我在紐約經常去華埠吃飯，和茶樓的——中文怎麼說？」

「跑堂？」

「對，我常聽他們這麼說，日子一久就記起來了。」

「您的工作是——」

「我在紐約一所學校教書，今年剛好是休假年，有個朋友邀請我來這裡度假，聽說這裡的街頭表演者水準相當高。」

我在老者身旁坐下，女侍拿著水杯和菜單迎上前。

「那個女孩最近怎麼樣？」我問道。

「你是看到新聞才過來的吧！」她搖搖頭，「不好，自從報紙開始報導她之後，很多高中生看到她都指指點點，害得她不敢在十字路口表演，幾天前那個老先生說沒辦法資助她，加上這幾天下雨，還有那個奇怪的流浪漢——」

「流浪漢？」

女侍朝韓舞霜的方向動動下巴，有一個身披駝色軍用大衣，個子高瘦的男子緩緩走到韓舞霜對面，他摘下頭上髒兮兮的牛仔帽放在腳尖前，露出蓬亂的褐色長髮，搭配尖削的下顎和鼻尖，如果不是因為黧黑的膚色，會令人聯想到歐美時裝雜誌的男模特兒。

接著，那名男子也從大衣中抽出一支木笛，開始吹奏，一開始兩個人的曲調並沒有太大的差別，但男子的指法愈來愈純熟，曲調也顯得靈活跳躍，而韓舞霜的笛音則細弱僵硬，隱沒在四周轟然的雨聲中。

原本流動的人流緩了下來，在男子的四周凝結，許多人開始隨著男子的笛音打拍子，銅板像夜空中的流星，一枚枚落進他腳尖前的牛仔帽裡，最後連韓舞霜也放下手中的樂器，目光落在男子木笛跳躍的指尖。

我回過頭，老者手上的平裝小說已經攤在桌面，他的雙眼微瞇，下顎支在雙掌合成的金字塔頂端，正跟隨拍子輕輕點著。

「這——」我說。

「你知道了吧，」女侍抱著托盤，「原本那女孩賺的錢就不多，自從一個禮拜前那個流浪漢來攪局之後，根本連一毛錢都賺不到。」

在一陣鼓掌聲後，面露滿足之色的聽眾逐漸散去，男子將牛仔帽裡的銅板倒進大衣的口袋中，拿起木笛繼續吹奏，不過速度放慢了一些。

韓舞霜也跟著拿起木笛，不過她的視線不再望向前方，而是落在男子手中的樂器。那男子瞥了她一眼，然後收回目光，繼續演奏。

一個月後，唐宇威打電話給我，約在機場的出境大廳見面。

走進大廳，只看到我的朋友斜倚在機場櫃台，韓舞霜站在他面前不遠處，四周那圈鬆散的人牆還在，不過她手中沒有樂器，而是握著帆布登機箱的把手。

「出了什麼事？」我走到唐宇威身旁。

「幾天前我看到新聞，紐約市的茱莉亞音樂學院寄信給韓舞霜，願意提供全額的獎學金，邀請她到學院就讀。」

「那你來做什麼？」

「報社問我要不要過來一趟，大概是要我當著全國民眾向她道歉吧。」

上次在徒步區採訪的女記者將麥克風指向韓舞霜。

「恭喜妳獲得茱莉亞音樂學院的獎學金，有什麼感想？」

「我要感謝一路上幫助我的人，還有——」

她朝唐宇威走了過來。

「等我畢業時，我希望您能再聽一次我的演奏。」

「好的，」唐宇威說：「不過我先聲明，在那一天之前，我不會改變我的看法。」

韓舞霜微微點了點頭，隨即朝閘口走去。記者群亦步亦趨地跟在後面。不時可以看到閃現的鎂光燈。

「人都走了，沒必要說得這麼難聽吧。」等記者走遠後，我說。

「反正我已經沒新聞價值了，」唐宇威拍拍我的肩膀，朝大廳一旁走去，「我今天也有兩個朋友要回國，陪我過去送送人家。」

我跟著他到大廳一角的咖啡店，唐宇威口中的兩個朋友正坐在裡面，其中一個人引起了我的注意。

「請坐。」是那個在徒步區看英文小說的白髮老者，不過他今天穿著整齊的天藍色西裝，腳邊有只鋁質的登機箱。

「謝謝，沒想到您也認識唐宇威。」

「我幫你介紹一下，」唐宇威說：「這位是詹姆士．貝福德先生，茱莉亞學院的管樂教授。」

「茱莉亞學院——」我的視線轉向唐宇威，「該不會——」

「是我向學院推薦韓舞霜的，」詹姆士．貝福德說：「一個月前，唐先生寫信告訴我，有一位世界知名的管樂演奏家正在他的徒步區公演，問我有沒有興趣來這裡住一個月，不過令我驚訝的反而是韓小姐。」

「驚訝？」

「其實她的指法和技巧還不夠純熟，不過這一個月來，她似乎每天都有明顯的進步，如果能接受正式的訓練，應該有機會成為一流的木笛演奏家。」

「不過你也太過份了，」我和唐宇威說：「竟然騙人家說有世界知名的演奏家，在你的徒步區表演。」

坐在老者旁的另一個人伸出手來，是那天在韓舞霜對面演奏的瘦長男子，他身上還是當時那件軍用大衣和牛仔帽，不過原本蓬亂的長髮已經在腦後紮了個馬尾。

「我是山姆．瓦肯菲爾德。」男子用力握住我伸出的手。

山姆．瓦肯菲爾德是歐洲知名的管樂演奏家，他在六歲時就錄製了第一張專輯，精通長笛、雙簧管之類的木管樂器，之後經常在歐洲各地的音樂節慶及演奏會中獻藝，被古典樂壇稱為木管樂器的王子。

二十歲之後，山姆．瓦肯菲爾德逐漸減少公開表演及錄製專輯，每年只有一個月的時間在英國舉辦演奏會及錄音，其他時間都在世界各地旅行，有時在停留的地方即興演奏，所以目前大部分的錄音，都是各地的樂迷以手機、卡式錄音機或是MP3隨身聽錄下，然後在網路上流傳，錄音中有時還會聽到群眾的耳語、驚呼和口哨聲，但也給向來嚴肅的古典音樂，添加了些許的庶民氣息。

「我沒想到會在這裡見到您。」我回過神來，用力握住他的手。

「原本這個月，我應該在倫敦錄音和表演，」瓦肯菲爾德笑了笑，「宇威和我的經紀人商量，買下我在倫敦工作的時段，問我想不想到他新的徒步區玩一個月。」

「你認識唐宇威？」

「有一年我在巴伐利亞的小村莊幫一對新人的婚禮伴奏時，親友席上竟然有個傢伙用小提琴和我競奏，」他望向唐宇威，「不過以一個生手而言，技巧還不錯。」

「小時候爸逼我學的東西，總算有一樣能派上用場。」唐宇威說。

「不過那時候，你的皮膚——」現在的瓦肯菲爾德臉色白皙，和當時的黧黑膚色完全不同。

「當時宇威找了劇場的化妝師幫我改扮，他當時是說不想讓樂迷認出來。不過他可沒告訴我，有一個小女孩在那裡當我的競爭對手。

「那個小女孩很勤奮，不過技巧有些生澀，所以我表演過幾首曲子後，就會挑一些速度較慢的曲目，看她能不能跟上來，沒想到她不但辦得到，而且還愈來愈熟練，在一個月的時間能做到這樣，真的讓人很意外。」

我轉向唐宇威，「你這個小子——」

「曾經有人告訴過我一個故事，想聽嗎？」我的朋友啜了口咖啡，「有隻麻雀在飛到南方過冬的路上，因為天氣太冷，在空中被凍成了冰塊，掉到地上，這還不算，一隻牛竟然還在牠的頭上拉了堆牛糞。

「不過牛糞的溫度將冰塊溶化，麻雀也甦醒過來，牠那時覺得既溫暖又快樂，忍不住就高聲歌唱，結果有隻貓聽見歌聲跑了過來，將麻雀身上的牛糞清掉，然後一口把牠吞進肚裡。

「這個故事告訴我們兩個教訓：在你頭上拉屎的，不一定是敵人；幫你把身上的屎清掉的，也不見得是朋友。」

「嗯。」

「那你認為這件事，能符合我爸的要求嗎？」唐宇威挨近我。

「還不夠，」我將咖啡杯靠近鼻尖，「另外，這故事我以前也聽過，它應該還有第三個教訓，或許能回答你的問題。」

「哦。」

（本篇完）

後記

毛姆的代表作《月亮和六便士》，據說書名的由來，是因為月亮和六便士銅板一樣，都是白色、會反射亮光的圓形物體。

但是有人只顧著撿拾地上的六便士，卻忘了天上的月亮。

同樣的，在生命中，有時候我們以為遇到的是牛糞，但其實是甜美的冰淇淋。

就像小說裡乍看厄運纏身，其實是幸運降臨的韓舞霜一樣。

……哦，對了。

如果有朋友想知道，結尾裡，「我」對唐宇威提到的，那個故事的「第三個教訓」是什麼。

可以看一下席維斯．史特龍和安東尼歐．班德拉斯主演，一九九五年的電影「刺客戰場」。

裡面還是茱莉安摩爾親自說明的喔。

最後，希望各位還喜歡，謝謝。

梨子，西瓜
和封鎖港口的方法

蒲松齡在『聊齋誌異』中寫過一則故事：有個小販拉了車梨到市集上叫賣，一個道士纏著他化緣，想跟他討顆梨子吃，但是小販一直不肯，最後路人看不過去，掏出銅板買了顆梨送給道士。

道士吃完了梨，把剩下的果核埋在路中央，跟路人討瓢熱湯澆在上面，就開始掐訣唸咒，原本結實的路面霎時綻出嫩芽，沒多久就長成一棵枝葉繁茂的梨樹，結滿了又大又多汁的果實。道士將樹上的梨子分給圍觀的群眾後，用鏟子將樹砍斷，最後拖著砍下的樹幹和枝葉離開。

小販原本擠在圍觀的人群裡，等群眾散去，回到自己擱在路旁的車子時，才發現車上的梨子已經一顆不剩，車子的拉槓被砍斷，殘樁上還留著鏟子砍劈的鑿痕，原來剛才道士變出的果樹，其實是他車上的拉槓，樹上結出的果實，原本都是他從家裡費盡心力拉到市集上的。

你相信這個故事嗎？

其實在現實生活中，我們經常會遇到同樣的事情。

而我從唐宇威那裡學會這件事的經過，要從一張床開始說起。

『總而言之，我們不能答應您的要求，非常抱歉。』

掛上電話後，一直壓抑的怒氣才爆發出來，「幹！王八蛋！」

我抬起頭，唐宇威正坐在辦公桌對面。

「不要對家電用品罵粗話，」他舒適地靠在椅背上，彷彿已經坐了很久，「根據實驗，這樣東西會比較容易壞。」

「你進來多久了？」我轉過身從咖啡機倒杯咖啡，放在他面前。

「從你說那個生病的小女孩開始，大概十分鐘左右吧。」

目前我在城裡經營只有一個員工的律師事務所，在公務上，則負責保管唐宇威父親現值大約二十億左右的遺產。

從我懂事開始，唐家就是全市聞名的豪族，當時幾乎每條路上都有唐家的房產或事業。我和唐宇威是從小一起打到大的朋友，不過他大學只讀了兩年就休學，出國四處浪遊。四年前我取得律師資格不久，唐宇威的父親過世，遺囑中只留給他的獨生子五十萬元，其他產業則交給他生前成立的慈善基金會代為管理。在指名交給我的信中寫明，如果唐宇威能在五年內，依照他在信上指定的方式使用那筆錢，就可以繼承其餘的遺產，否則遺產將捐贈給基金會，孳息則用於資助市內的慈善事業。

「今天怎麼有空過來？」我問道。

「我剛簽了筆合約，過來問你有沒有時間一起吃中飯。」

這傢伙在拿到五十萬元之後，和幾個以前在外流浪時認識的朋友開了家創意設計公司，四年來承接不少成功的企劃案，今年公司的資本額已經跨越一億元的門檻，尤其幾個月前承接市政府的徒步區設計案後，光是租金和廣告物的抽成，就可以讓公司損益表的淨利欄多加好幾個零。

不過，他似乎還沒忘記當年父親那個古怪的要求。五年來，我們經常拜訪對方的辦公室，一起吃午飯，有時他會和我報告最近接了那些合約，做了什麼事，然後像參加論文口試的學生對指導教授那樣看著我。而鎖在事務所保險櫃裡的那只信封也透過我回答：不行，這還差得遠呢。

「聽說你最近當上了喜願社的顧問律師，混得還不錯嘛。」

「還不是基金會要我暫時頂這個不支薪的位置，順便稽核捐款的使用情形，」

喜願社是基金會長期資助的慈善團體之一，主要目的在幫助三歲至十八歲的重症病童，完成心中最大的願望。由於是慈善團體，有時我們也會運用職務行點方便，像上個月法院就特地空出一間不使用的法庭，找了三個法官和大學法律系的學生，讓一個喜願兒當了一天的律師。

但就像大部分以熱情行善的人一樣，除了行善的滿足感，有時候也是要面對現實的無情，以及自身能力不足的無力感。

「話說回來，我還是第一次看到你罵粗話，」他啜了口咖啡，「不會是哪個檢察官吧？」

「開什麼玩笑，這行飯我還想多吃幾年，要罵也要等到開庭時再說，」我疊好文件放在一旁，再一屁股坐下，「不過你聽了那麼久，應該也猜到了吧。」

「只聽到個大概，」他聳聳肩，「反正離中午還有一點時間，想談嗎？」

◗ ◗ ◗

桌上的照片裡有個梳著兩條辮子，正在大笑的的圓臉女孩，看上去大約六七歲左右，手上抱著一個布縫的金髮娃娃。

「喜願社幫她取的名字叫朵朵，今年六歲。」

「看起來滿可愛的。」唐宇威伸出食指，拉過照片。

「對啊，在她發病之前，」我的嗓子開始發緊，「一年前她AML發病，現在住在市立醫院。」

「AML？」

「急性骨髓性白血病，上個月已經轉進『那裡』，——呃，我不太想講，你應該知道，」

『那裡』指的是市立醫院的安寧病房，唐宇威會意地點了點頭，「主治醫生說她只能再活一個月左右，當初也是他聯絡喜願社的。」

「那她的願望是什麼？」

「她希望能睡在維多利亞時代的四柱大床上一個晚上。」

「就像小公主那樣？」

我點點頭，「而且她們家裡沒什麼錢，平常一家四口都睡在舖在客廳地板的竹蓆上，想睡在真正的床上一晚，應該也不過份吧。」

「這應該不難吧。只要找到床就行了。」

「問題是找不到，」我抓著頭髮，「我們幾乎問遍了全國的收藏家、家具行和博物館，這幾年景氣太差，家具行早就不進這種又佔體積又賣不出去的大型高價家具。在博物館和收藏家手中的，都是搖搖欲墜，人坐上去就可能會垮下來的古董。唯一符合條件的，在市內四季酒店的頭等套房。」

「那請酒店幫忙不就得了，」唐宇威往後一靠，「看在可以做形象公關的份上，說不定連頭等套房都願意借。」

「我們已經和酒店交涉了一個禮拜，」我說，「他們一開始說那張床有很多名人睡在上面過，對酒店具有特殊的紀念意義，貿然拆卸可能會有損傷。

「於是喜願社詢問是不是能包下頭等套房，對方說頭等套房已經預約到一年之後，最後我問酒店經理，我們只用一個晚上，能不能拜託他想想辦法。你知道他怎麼說？

「他說因為對方是重症病患，就算只讓我們住一晚，他們也要封閉消毒整層樓一個月，會影響酒店的正常營運，——靠！什麼鬼話！」我右手一揮，桌旁的三層公文盒摔在地上，裡面的資料和紙張灑在地上。

「不會吧，他們這麼說？」

「他們就這麼說，」我蹲在地上，將紙張塞回公文盒，「醫生今天早上還打電話來，提醒我朵朵的情況不理想，撐到月底都有問題，現在還遇到這種他媽的爛人講這種鳥話。」

「這樣啊——」唐宇威的指節規律地敲著我桌上的玻璃墊，「喂，那個小女孩，能不能等一個禮拜？」

「應該沒問題，」我轉過頭望向他，「你想做什麼？」

「給你一個禮拜的時間，準備搬運人手和車輛，」他站起身，「拿床的時間和地點，我再通知你。」

「我不是要拜託你幫忙，」我說：「而且就算你辦得到，也不見得能符合你爸的要求——」

「我在你眼裡就那麼不堪嗎？」他的臉倏地嚴肅起來，然後露出微笑，拍了拍我的肩膀，

「別把我想成什麼唐吉訶德，我有我自己的目的，就不勞你費心了。」

「那你打算怎麼做？」

「這個嘛——」他低下頭，頭重新抬起來時，臉上還掛著那副露出牙齒的笑容，「用湯姆·克蘭西的一個問題回答好了：如果你要封鎖敵人的某個海港，要在入口施放幾顆水雷？」

「水雷？」

「你慢慢想，我先回去了，」他朝事務所的大門走去，「這一個禮拜麻煩你繼續打電話過去，否則那個經理可能會起疑。或許他會鬆口答應你也說不定。」

「我知道了，」他打開門時，我出聲叫住他，「對了，那個海港的入口多寬？」

「哪個海港？」

「你剛才問的問題啊，——要多少顆水雷才能封鎖一個海港？」

他發出笑聲，「你還沒抓到問題的重點。——一個禮拜後見。」

他說完就走出事務所，順手將門帶上。

當時我並不清楚之後唐宇威到底做了什麼，直到整件事結束後，才從所有當事人的口中，整理出一個大致的輪廓。

「經理，那個喜願社的律師又打電話來了。」

「告訴他我不在。」

四季酒店的經理站在入口大廳，準備迎接今天的第一批客人，早上剛燙好的黑西裝浸潤在溫暖的室內照明下，像一隻無形的手在拉直他的背脊和雙肩。

從洛桑的旅館管理學院畢業後，先在酒店提了兩年行李，然後再從整理房間的助手、酒吧的侍者，廚房打雜的小弟。每一個工作都把他原本就相當標準的身形磨得愈來愈挺，頸項也愈來愈筆直，到今天他只要站在大廳，就像是戶外常見的公共藝術般，宣示酒店的存在。

打從小時候在酒店裡的空房玩捉迷藏開始，父親就指著每一個房間的藝術品，娓娓訴說這件雕塑當初是那一個名人贈送的禮物，那幅畫是歐洲某個跳蚤市場的戰利品；休息室的牛皮沙發當初海運時遇到颱風，裝沙發的貨櫃差點被幾十米高的巨浪和暴雨颳進海裡；接待櫃台上枱燈葡萄花紋的鑲嵌玻璃燈罩曾經被某位女明星頑皮的孩子打破，多虧某位曾在法國原廠習藝的本地玻璃工匠修復。對他而言，這些藝術品並不是單獨的個體，而像酒店十層樓建築外牆的數千塊煉瓦般，是酒店的一部分。

那張床現在是整個酒店的招牌，如果借給那個生病的小女孩，整個房間搞不好要封閉消毒一個禮拜。萬一小女孩在房裡過世，套房，不，甚至整個樓層都可能會沒有人敢住，對酒店來說，損失實在太大了——

「對了，今天預訂房間的客人有誰？」他像是想到什麼似的回過頭來。

櫃台後的值班職員敲打鍵盤，「今天下午會有一個旅行團，房間是５０１到５１０。佛教協會的工作人員今天中午會過來準備，他們預訂了３１５到３２２，另外今天和明天要準備素食。

——對了，今天頭等套房有三組客人會進來。」
「三組？那麼多？」經理轉身走到櫃台前，「是什麼人？」
「一個搖滾樂團，一個手工釣竿的製作者，」職員的指尖在螢幕上虛劃，「對了，還有一個古物鑑定家。」
「不好意思，我預約了房間，請問是在這裡Check in嗎？」
經理轉過身去，一個身形瘦小的男子站在他面前，深棕色的頭髮梳成右分的西裝頭，身上的黑西裝和他一樣縫線燙得筆直，手上提了只線條簡單的帆布旅行袋。
「請問您是——」
「我是傅敏通。」
櫃枱職員碰碰他的肩膀，他回過頭時，瞥見職員做出『古物』兩字的嘴形。
「是預約頭等套房的傅先生嗎？」
「沒錯，我記得預約的是靠內側的１０４號房。」
「我是酒店的經理，請多指教，」經理連忙抓住他的手握了兩下，順手將行李提在手上，「請將行李交給我，我帶您上樓看看房間。」
「那證件——」
「待會我會帶下來做Check in，再交給管家送上去，」他朝櫃台旁的電梯揚了揚手，「請跟我來。」

沁涼的空氣從電梯車廂頂端的風扇送下，微微搖晃著用玻璃和柚木妝點的空間。

「聽說傅先生是古物鑑定專家，」經理說：「這次來本市是為了——」

「幫開拍賣行的朋友，鑑定幾件剛到手的古物，」傅敏通轉過身來，「聽朋友說貴酒店的古物收藏非常豐富，所以這一陣子才想住在這裡。不過沒想到頂樓靠窗的套房都被預約，實在太可惜了——」

「謝謝您的讚賞，」經理微微頷首，平時只能看到一條線的唇際微微上揚，露出職業級的笑容，「靠窗的頭等套房客人還沒住進來，如果傅先生不介意的話，我可以為您介紹。」

「那就先謝謝了。」

頭等套房集中在酒店的最高一層，其他樓層動輒隔成三十間套房的空間。在這裡奢侈地只隔了五間套房，其中三間緊鄰酒店的正面，可以眺望一公里外港灣複雜的水道、河渠、船隻，還有緊貼天際線，即將下沈的夕陽。

電梯門往兩旁滑開，迎面可見兩扇用花朵浮雕和黃銅門鈕裝飾的深色橡木房門，經理掏出一串叮噹作響的鑰匙，打開右側的房門。

「這間是１０１號房。」經理領著來客穿過鑲嵌橡木壁板的玄關走進客廳，腳下蓬鬆的長毛地毯，透過鞋底傳來搔癢般的觸感。從佔據客廳一堵牆的落地窗，可以望見一艘紅黑雙色的貨輪，正從遠方的河道準備進港。

「這間套房真的很不錯，」傅敏通輕撫客廳正中的皮沙發，「我那間應該也差不多吧？」

「每間頭等套房的裝潢等級都是相同的，」經理點點頭，「唯一的差別，主要在每間房的陳設中，都各有一件家父蒐藏的代表作。像這間房最具代表性的陳設，是臥室裡一張維多利亞時代的古董床。」

他引領傅敏通走進臥室，四柱大床端坐在室內空間的最深處。木料吃進數十年室內的煙塵與手澤，泛出貓眼石般深沈的黝黑色澤。四根床柱底端雕成獅爪，牢牢抓住腳下沃草般的長毛地毯，頂端的闊葉樹造型搭配圍繞床緣的蕾絲帳幕，在米黃色的床墊上方展開紋理繁複的華蓋。

「這張床是家父當年在歐洲某個城堡拍賣會上的戰利品，除了床帳和墊子是後來向義大利訂做的，其他都是當年的原物。」經理的語氣中透出一絲自豪。

「這樣啊——」傅敏通將身子探進帳幕，抬頭端詳床頂複雜的雕飾，「是維多利亞時代的風格沒錯，——這間房也被預訂了嗎？」

「是的，」經理頷首，「一個搖滾樂團今天會住進來一個星期。不過如果有機會，我可以再帶您過來。」

「那就先謝謝了。」

「不客氣，其實在如何整理這些藝術品方面，我們也希望在您在這裡作客時，能給我們一點意見。」

「那沒問題。——我看完了，謝謝。」

「請跟我來。」

他們走出房間時，隔壁102號房的房門打開，一個身穿灰色西裝，身材結實的壯年男子走了出來。

「經理，」他朝經理招了招手，後者滿臉堆笑迎上前去，「能不能檢查一下廁所的排水系統？昨晚整個房間都是沖馬桶的聲音，你們這裡不是頭等套房嗎？」

「我們會立刻檢查，抱歉造成您的困擾，真的很抱歉。」經理彎下腰做了個九十度的鞠躬。對方哼了一聲，踏進剛打開門的電梯。

「那位先生是——」電梯門關上後，傅敏通問。

「上星期來投宿的客人，聽說是室內設計師，」經理朝下一個房間走去，「他每天早上都會在二樓的餐廳用早餐，您不妨利用早餐時和他聊聊。」

「那下一個房間的陳設是——」

「103號房這個月正在整修地毯和裝潢，展示品是從琵琶湖打撈發現，日本繩文時代的古陶瓶；您預訂的104號房，展示品是日本平安時代的『六道甕』——」

「『六道甕』？」傅敏通眉心打了個結，「該不會是那個——」

「外表是普通的窄口黑陶甕，不過裡面畫了佛教傳說中，靈魂在人世、地獄和天堂間輪迴的歷程圖『六道繪』，據說是以前的僧侶，用來冥想悟道的法器。」

「就像『不淨觀』那樣？」

經理點了點頭，「五年前家父到日本一處淨土宗的寺院參拜時，住持送給家父的禮物。不過放在客房之後，老實說惹了不少麻煩。」

「麻煩？」

「有不少客人和隨行的小孩因為好奇，想看看甕裡到底有什麼東西。結果我們付了不少心理治療和收驚的費用。甚至於部分拿香拜拜的酒店員工，平常也不太敢接觸那個甕，」說到這裡，經理哈哈笑了兩聲，「不過家父認為以六道甕的美術價值和社教意義，一直堅持要放在客房裡。為了在減少客人困擾的前提下尊重他的意願，所以放在頭等套房中最少人入住的房間。關於這一點。還希望您能諒解。」

「不用介意，我做這一行很多年，地獄圖什麼的，已經看習慣了。——那我隔壁的房間是——」

「至於您隔壁的105號房——」經理打開電梯門旁的房門，「客廳有幅法國畫家高更的作品『塞納河畔的快船』。」

經理說的畫掛在客廳裝飾性的壁爐上，淺黃色方形渦紋浮雕的纖細木質外框圍出一片天藍色的空間，兩艘揚起白色三角帆的修長快船背對觀者，航向畫幅深處的塞納河。

「這幅畫據說是高更的最後一幅作品。他在大溪地去世後，當地的土著還特地託傳教士將這幅畫送回法國——」

正在專心審視畫面的傅敏通，突然笑出聲來。

「經理，你在開玩笑吧？」他回過頭，「這幅畫是贗品。」

「贗品？不會吧？」經理愣了一下，也湊到畫幅前。

「這幅畫仿得太好了，真正高更的畫作，筆觸不會那麼細膩。」傅敏通伸出手來，在畫布上比劃，「高更並沒有受過正規的油畫技法訓練，但畫這幅畫的傢伙不管是誰，他的技巧相當熟練，就像是一面看著畫冊一面下筆的。」

經理望了客人一眼。

「您說的沒錯，這幅畫的確是贗品。」

「哦？」

「十年前家父在法國向一名急需現款的收藏家手中買下這幅畫，在約定交畫的前一天晚上，收藏家的一名僕人被藝品竊盜集團收買，他拆下畫布，換上竊盜集團提供的贗品。當時家父考量到買方的處境，決定收下這幅畫，只在事後通知國際刑警。但是那名僕人和畫就下落不明，家父一直把畫掛在這間套房，臨終前還要我發誓，只要酒店在我們家人手中一天，這幅畫就不准放到別的地方，而且不能告訴客人這幅畫是贗品。」

「當時你一定不同意吧？」

「我當時還提醒他，萬一客人發現畫是假的。會搞垮整家酒店，還要拉所有員工當殉葬品。」經理抬起頭，視線在畫布上停下，「我還記得當時他說：『只要你相信，畫就是真的』。」

「『只要你相信——』」

「原本我不應該告訴您，但是我想您遲早會發現，為了不讓您因此對酒店有不好的印象，——關於這件事，還希望您能保密。」

「我知道了，你可以放心。」傅敏通瞄了眼腕上的表，「帶我去看看那個『六道甕』吧。」

「你看起來似乎沒睡好。」傅敏通說。

昨天在電梯遇到的壯年男子坐在對面，正靠著打呵欠和揉揉兩邊的太陽穴，試著撐開半睜半閉的眼皮，「好笑的是，當初我就是因為想睡好一點，才選擇住在這個鬼地方的。」

說話的男子名叫夏學庸，是市內知名的室內設計師。也是市立大學建築系的教授。因為座落在靠海崖邊的別墅正在施工，打從上週開始，成為１０２號房的住戶。

「因為整棟兩層樓的房子只有我一個人住，未免有點浪費，」交換名片時，傅敏通瞥見對方的皮夾中有張相片，似乎是室內設計師口中在加拿大攻讀建築學位的獨生子，以及陪讀的妻子，「所以想把一部分改裝成宿舍、教室和工作間，讓研究生有個做專題的場所。」

「就像西塔里耶森那樣？」

「不過沒那麼大。」夏學庸驀地抬起頭來，「等等，你曉得西塔里耶森？」

「去年到美國出差時，朋友曾經帶我參觀過。」

「那太好了，看在你去過西塔里耶森的份上，今天我請你喝一杯。你想喝什麼？」

「不好意思，夏先生，」經理筆直的身形出現在桌旁，「酒吧要到下午才開始營業。」

「這樣啊——」室內設計師回頭望見經理，「對了，昨天晚上——」

「我聽櫃台說過了，昨晚的情形是——」

早餐時間是四季酒店的服務項目之一，每天早上住戶都會聚在二樓餐廳，坐在圍繞四周的棕色絨布沙發上，一面透過帷幕窗瞻望樓下逐漸甦醒的市容，一面打量中央長桌上的各式餐點。

「——鋸木頭的聲音？」

「沒錯，而且我很肯定，聲音是從101號房傳出來的。」室內設計師啜了口咖啡，「隔壁房到底住了誰啊？」

101號房的住戶坐在離室內設計師相隔兩個卡座的位置，四個身穿一式黑T恤和牛仔褲，看上去剛滿二十歲的青年，正用刀叉翻看同伴的餐盤，比較對方到底選了什麼菜色當早餐。

根據櫃台人員的描述，四人似乎是一支叫做『鋼鐵王朝』的搖滾樂隊成員，預計在徒步區公演一個禮拜。除了酒店從業員磨練出的好記性外，這四名青年之所以讓經理印象深刻，主要是因為他們昨天走進酒店的方式。

除了隨身行李，四個人肩上分別扛了電鋸、伐木用的雙人帶鋸、建築工人用的電鎚、還有木工用的電鑽。

「不好意思，現在是客人的休息時間，恐怕不能讓你們施工——」因為103號房正在重新裝修，櫃台職員一開始以為對方是包商新找來的工人。

「不，我們不是工人，」領頭扛著雙人帶鋸的修長男子撥了撥前額垂下的一綹褐髮，「我們是『鋼鐵王朝』，在這裡訂了房間。」

「『鋼鐵王朝』？但你們看起來不像是——」

「搖滾樂團？」男子放下手上的行李，將肩上將近兩米長的雙人帶鋸像大提琴般一頭靠在肩膀，另一頭放在地上。再從行李袋抽出小提琴用的琴弓，貼在鋸齒上緩慢拉奏。

黃昏前廳安靜中帶點慵懶的空間，霎時小提琴清脆跳脫的音符如精靈般滿天飛舞。在櫃台排隊和坐在沙發上的旅客紛紛回頭。望向樂音的來源。

音符隨著男子放下琴弓戛然而止，在一瞬間的沈寂後，掌聲倏然撐開了大廳，還夾雜著零星的口哨和叫好聲。

「如何？」他轉向雙掌還停在胸前的櫃台職員，「我們可以Check in了嗎？」

經理懷著如此的心思，走到四名青年桌旁。昨天在大廳獻奏的男子似乎感到氣氛的改變，抬起頭來。

「有什麼指教嗎？」他問道。

「是這樣的——」

「我叫耿子軒，」男子笑了笑，朝室內設計師的座位一瞥，「如果我沒猜錯，是不是昨晚我們練習時吵到鄰居了？」

經理的臉部線條鬆弛下來，點了點頭，「那是練習？」

「用一般木工機具的聲音做為音樂素材，是我們『鋼鐵王朝』樂團的特色。」其他三人頷首，彷彿在附和他的說明。

「只不過隔壁的房客是因為怕吵，才會住在本酒店的。對聲音難免會比較敏感些——」

「可是我們之所以選擇住在這裡，也是因為貴酒店向我們的經紀人保證說，頭等套房有完善的隔音設備。我記得沒錯吧？」

「是的，您說得沒錯。」是啊，頭等套房有隔音設備，但是並不代表能擋住一個拿木工傢伙的搖滾樂團——經理一面哈腰一面想。

「不過既然經理這麼說了，我們晚上練習會早點結束，不會讓您難做人的。」

「非常感謝您的諒解。」經理彎下腰鞠躬後，繼續朝下一桌走去。

下一桌的住客名叫孫碧庵，是105號房的住客。經理走近時，一個滿頭白髮的瘦小老者正和坐在對面的年輕男子交談。

「啊，經理您早。」察覺到年輕男子投向來客的目光，老者轉過身來。

「您早，住得還習慣嗎？」

「習慣，習慣，」面前微笑的老者有著小而刻滿皺紋的圓臉，剪到接近平頭的銀髮，加上湖綠色綢緞的唐裝，一派正在安享晚年的長者典型，「昨晚頭一沾到枕頭就睡著了，連翻個身的機會都沒有。」

「這位先生是——」經理望向年輕男子，後者看上去大約三十歲左右，身材修長，皮膚黧黑，一頭曬成淺黃色的短髮，再套上彩色碎花紋的寬鬆襯衫、百慕達短褲和涼鞋，就像從時尚雜誌走出來的模特兒。

「是我一個朋友的兒子，我託他帶一點小禮物給他父親。」老者拍拍放在身旁一個咖啡色的長形背袋。

昨晚老者入住時，帶了好幾個形狀相似的長形背袋，當時他還打開了幾個給喜好釣魚的櫃台人員看，裡面全是一節節用竹子製成的手工釣竿。

此時餐桌上也有張拍立得照片，上面有一支橫放在壁爐上的釣竿。

「在餐廳展開釣竿不太方便，所以我先在房間拍了照片做參考。」老者發現經理的視線，笑聲出透出一絲被抓住小辮子似的靦腆，「只不過借用了酒店的壁爐和陳設當背景，還希望您別見怪。」

「別這麼說，」經理拿起照片端詳，「這些釣竿——全是您親手做的？」

「是啊。」老者點點頭，「年紀大了沒別的嗜好，只好做點小玩意打發時間。」

一名職員走到經理身旁，放低了聲音：「經理，那個老太太又在門口擺攤了。」

「叫她離開。」擺手支開職員後，經理瞥見傅敏通端著裝滿水果的白瓷餐盤站在身後，臉上唰一聲換上職業性的笑容，「傅先生，早餐還滿意嗎？」

「不錯，」１０４號房的住戶朝後瞄了職員一眼，「剛才發生了什麼事？」

「有時會有流動攤販在酒店的門口擺攤，」經理擺擺手，像是要揮走一隻討人厭的蒼蠅，「賣些像迴力車，竹笛之類的廉價玩具給旅行團的觀光客。」

「對酒店來說，應該很困擾吧？」

「是啊，這些攤販經常在門口纏住觀光客，害得遊覽車門口塞成一團開不進來，甚至還有客人把從攤販買來的玩具拿到櫃台，問我們是不是可以退貨。」他搖了搖頭，「對了，傅先生，頭等套房有租車優惠，如果您今天需要交通工具——」

「不用了，我習慣走路。」

「今天是另一根釣竿？」桌上的照片裡，有另一根豎在壁爐旁的竹釣竿。

「昨天我朋友說那根釣竿太重，溪釣時恐怕不太靈活。所以今天找了根之前做好的溪釣竿，託他兒子帶回去。」孫碧庵拉開腳邊的綠色長背袋拉鍊，讓經理能看到塞在袋中，拆成數截的竹釣竿。

現在是第二天的早餐時間。

「經理，您還好吧？」端著餐盤的傅敏通走過經理身旁，拍了拍他的肩膀，「您看起來似乎沒有睡多少。」

為了１０２房住客的抱怨，經理決定當天晚上住在酒店裡，時鐘一過凌晨三點，櫃台的電話就響了起來。

「喂，是櫃台嗎？現在我房間的天花板有老鼠，能過來看一下嗎？」

經理帶著一名職員坐上電梯，電梯門一滑開，迎面就看見身穿條紋睡衣的夏學庸站在房門口。

「來，跟我過來，」他攥住經理的西裝袖子，拉著他走到臥室，「剛才這裡的天花板上一直傳來老鼠的腳步聲，有時隔壁房間還會傳來像敲鐘般咚的一聲。搞得整間房像在廟裡一樣，你能不能想想辦法？」

和經理一同上樓的職員放下肩上的摺梯，爬上天花板，推開石膏飾板左右張望。

他爬下梯子時，輕輕搖了搖頭。

經理跑出套房，敲了敲１０１房的門。

房門在一陣雜沓的腳步聲後打開，耿子軒瞇著眼睛，身上的白色襯衫在失去領帶的束縛下領口敞開，衣服和黑色西裝褲上全是皺摺。
「這麼晚了，有什麼事嗎？」他打個呵欠。
「抱歉打擾了，」耿子軒的惺忪睡眼和房內傳來的規律鼾聲，喚回了經理的職業意識，「請問有沒有聽到什麼不尋常的聲音？」
耿子軒搖搖頭，「我們十一點排練回來就上床睡覺了，什麼聲音都沒有聽到。」
「這樣啊——」經理道聲謝，關上房門。
「怎麼了？逮到老鼠沒有？」看見經理進房，站在客廳正中央的夏學庸抓住他的肩頭不住搖晃。
「我們處理好了。」經理扶著他的肩膀，「請別擔心，好好休息吧。」
安撫夏學庸上床休息後，經理帶著隨行的職員搭電梯下樓，走到櫃台後的電腦前。用滑鼠敲開監視器系統。
酒店的監視系統在兩年前全部換新，影像全部存進地下室主機一整櫃互相備份的硬碟中，而不是容量小、佔空間還容易發霉的錄影帶。不過為了尊重客人的隱私，攝影機和舊系統一樣，只裝在所有人都能出入的走道上。頂樓唯一的攝影機裝在電梯旁的走道上方，可以看見全部五間頭等套房的出入情形。經理還記得當時負責施工的包商邊嚼著檳榔，邊跟他拍胸脯保證說，新的攝影機畫質棒到可以讓人分辨女客人的胸部是真貨、整形，或是靠魔術胸罩做出來的世界奇觀。
天曉得，我現在竟然用這玩意在找老鼠。經理忙著捲動捲軸、點擊選單，想起當時包商露出金牙大笑的神情，嘴角忍不住微微上揚。

頂樓套房最後一次有人進出是十一點十分，101號的住客將他們的『樂器』荷在肩上，拖著腳步走進房間。從那之後直到三點接到電話，走道的影像就像一幅靜物畫般，沒有任何變化。

「會不會是老鼠太小了，攝影機沒拍到？」站在一旁的職員聲音中透著謹慎。

「當初驗收時我們測試過，老鼠沒問題。」經理抬起頭，揉揉眼睛，盯著螢幕上的小方塊快半個鐘頭，讓他的雙眼感覺像兩顆燒得滾燙的彈珠。

「您先休息一下吧。」

經理點點頭，走到櫃台後的假寐床，一倒頭就睡到早上。

為了確認老鼠是否逃到其他房間，經理醒來後就搭電梯到頂樓，打開103號房門時，只見傅敏通蹲在壁爐前，用放大鏡端詳一旁陶瓶上的花紋。

「傅先生，您怎麼會在這裡？」

「哦，」回頭瞥見經理，傅敏通將放大鏡收回懷中，「不好意思，上次聽到您說這裡有繩文時期的古陶瓶，今天起床時發現門沒鎖，就擅自跑進來了，真的很抱歉。」

「這間房間目前正在整修，」經理環顧四周，泛出深褐色光澤的橡木地板，還有用希臘風格圓柱裝飾的角落，全罩在一層沾滿灰塵和刨屑的塑膠布下，壁爐上還能看見空調系統的管道口，在貼上淺黃色壁紙的牆上露出參差不齊的鋁色邊緣，令人想起昔日貴族宅邸牆上，對來客張嘴炫示森森白牙的野獸頭顱，「其他的藝術品都搬到倉庫保存，這只花瓶因為搬不動，只好放在這裡。」

「那是當然的，」傅敏通手指滑過一個人高，深黑色的花瓶瓶口，「瓶身上鍍了一層厚厚的鐵，所以比一般的陶器要重得多。」

「鐵？」

「琵琶湖裡有大量的褐鐵礦，會透過湖水附著在植物根部，或沈入湖中的陶器表面，年代愈久，上面的鐵質層就愈厚，一般稱這種現象叫『湖成鐵』。」

——「多虧您告訴我，要不然我一直都不知道，為什麼那只花瓶會這麼重。」想起早上的事，經理朝傅敏通點了點頭。

「該說抱歉的人是我，——對了，夏先生要我轉告您，昨天晚上他的情緒稍微激動了點，希望您別見怪。」

「那夏先生——今天看起來還好嗎？」經理朝夏學庸的方向望去。

「精神還不錯，剛才他還邀我去看他在山上改建中的別墅。」

住在101號房的樂隊不在餐廳，聽櫃台人員說，早上四點左右四個人就扛著樂器出門，似乎準備提早到表演地點練習。

經理剛放下一直懸在空中的心，身後就傳來職員刻意壓低的語音：「經理——」

「怎麼了？不會是那個擺攤的老太太——」

「不是，」職員朝餐廳入口的方向呶呶嘴，「是負責樓上套房改建的工頭，他說有急事要見您。」

經理一走出餐廳，一隻粗糙而厚實的手掌就挽著他的胳臂，把他拉到走道另一頭，化妝室前擺設花瓶的凹龕中。

「出了什麼事?該不會是樓上的工程——」經理一抬頭，面前正是印象中個頭矮壯結實的工頭。

「不，不是工程的問題，」工頭從覆滿泥灰的工作服中掏出一張有照片的證件，拿在他因為密生鬍鬚和鬈髮，看起來像弔掛盆景的國字臉前，「我是市刑大的刑事組長，這幾天幫你整修房間的工人，其實是我的部屬。」

經理的目光在證件和後面那張臉間逡巡，「這到底是怎麼回事?我被搞迷糊了。」

「國際刑警組織通知我們，有一群國際性的古物竊賊已經住進這間酒店，」一分鐘前還是工頭的刑事組長張望四周，「他們的目標，是頭等套房裡的陳設。」

一群國際性的古物竊賊——這四個字打開了經理腦海中的投影機，影像猶如傳說中瀕死者回顧一生般，從他眼前一幀幀閃過。

四個帶著木工機具，說是樂器的樂隊成員。

晚上房間傳來鋸木頭的聲音。

對了，還有前一晚老鼠在頂樓套房開運動會。

回過神時，只見刑事組長正抓住他的肩頭搖晃。

「喂?你沒事吧?」

「我沒事，」經理抬起頭，望向頭頂上頭等套房的方向，「知道他們的目標是那一間套房嗎?」

「很抱歉，我們不知道，」刑事組長抓抓蓬鬆的頭髮，「所以我們才會冒充裝潢工人，好監控頂樓套房的狀態。——這幾天有什麼不尋常的地方嗎？」

「主要是101號房的客人，是這樣的——」經理說出他心中的懷疑。

刑事組長聽完點了點頭，「我知道了，這幾天我和部屬會留意他們，不過，如果我是你的話——」

「你會怎麼做？」

「這個嘛——我會叫清掃房間的工作人員在打掃時，注意房間裡是否有像木屑，螺絲釘之類的木工零件。還有要門房留心是否有人攜帶體積很大，或是有一定重量的東西進出酒店。」

「你該不會認為——」

「根據你的描述，101號房那張床的體積相當大，他們之所以帶木工工具，無非是為了支解那張床，再將零件分批運出酒店。」

聽到『支解』這個字眼，經理的臉唰一下轉為蒼白，彷彿此刻那四人手上就拿著各色工具，正準備朝他的手腳招呼。

「當然，我說的只是假設情況，你不用擔心成那個樣子，」刑事組長連忙說。

「可是——可是——他們就這樣把東西搬出去，難道不怕我們會發覺嗎？」

「哦，這對他們不是問題。根據國際刑警組織的資料，他們會用贗品和被害者收藏的真品調換，有很多受害者直到將藏品送到拍賣行，或是捐贈給博物館時，才發現東西已經被調包了。」

「贗品？」

「這幾年香港和東南亞等地的犯罪集團開始插手贗品製造，除了欺騙不識貨的收藏者，一些想要擺派頭，但是不想多花錢的土財主也是他們的主顧。畢竟他們的產品仿造得唯妙唯肖，有時連我們都會上當呢。哈，哈，哈。」

刑事組長像是要緩和氣氛似的乾笑了兩聲。

「老闆——老闆——」電梯門一滑開，身材圓胖的清潔工就推著推車衝出車廂，彷彿她手上裝滿打掃工具的推車是中古時代的攻城槌，正要撞穿敵人的城門。

「噓——」經理連忙從櫃台後跑出來，「我說過很多次了，清掃推車不要推到大廳上。」

「對不起，經理。只不過——只不過——」她花了好一段時間才順回嗓子，「真的給您料中了。」

經理望望四周，然後壓低了聲音：「妳的意思是——」

為了刑事組長的善意建議，這天下午清掃人員準備例行整理時，經理還特地囑咐這名負責101號房的清潔女工，留意臥室地板上是否有像木屑或螺絲釘之類的雜物。

清掃工在圍裙掏摸半天，然後抓出一把東西，在經理面前張開手心。

掌心上是一小撮酒紅色的木屑。

「我在臥室床頭櫃下發現的。零星夾在長毛地毯的長毛裡，要用吸塵器拚命吸才吸得起來。」

經理捻起一撮木屑搓了搓，指尖傳來的觸感及色澤和101號床那張四柱大床一樣都是橡木。每一片木屑都像開瓶鑽般蜷曲，似乎是用某種木工機具切削木材產生的。

他回頭問櫃台：「101號房的客人出門了嗎？」

「已經出門了，就是因為他們不在房間，清潔工人才能進去打掃。經理。」櫃台人員抬起頭，發現他回話的對象已經不見了。

電梯門一打開，經理就用備份鑰匙打開101號房，插進鑰匙時，他感覺到自己的手正在顫抖。

門一打開，經理隨即大步跨進臥室。那張四柱大床還在臥室裡，和不久之前他和傅敏通看到的並沒有兩樣。

『——他們會用贗品和被害者收藏的真品調換，有很多受害者直到將藏品送到拍賣行，或是捐贈給博物館時，才發現東西已經被調包了。』

想起刑事組長的另一個忠告，他開始繞著大床，仔細檢查每一根床柱，床底和床帳，看看是否能找到像刮痕、螺釘孔之類微小的提示。

當年父親買進這張床，曾經帶他看過床柱和床底下，由工匠與歷任收藏者留下的微小烙印和暗記，他逐一核對，確認每一個記號都在原地。經理忍不住吁了口氣，正準備爬出床底時，頭頂上響起一個聲音：

「經理，不好意思，您在這裡做什麼？」

正將頭探進床底的經理抬起頭，發現『鋼鐵王朝』的四名成員站在他身後，後面還有十幾只大小不同的板條箱。

「哦，昨天102號房的客人被老鼠吵得睡不著覺，我們正在檢查其他房間是否也有類似的情形。」經理望向板條箱，「那些東西是——」

「演唱會上要用的音響器材，還有一部分放在樓下。」耿子軒拍了拍其中一口箱子，「因為是和朋友借的，放在表演場地怕被偷，所以才帶回酒店。」

「我瞭解，可是——本酒店一樓有寄物間，應該不用搬到樓上來。」

「這些設備有些還需要調整，搬到樓上比較方便，」另一個扛著土木工人用的電鎚，個子矮胖的團員說，「而且我們出外表演時，都把設備放在身邊，已經習慣了。」

「幾年前我們住在德國一個小鎮的青年旅社時，因為把全部的家當放到床上，還差點把雙層床的床板壓垮。」耿子軒說完，團員間發出一陣輕笑。他走到經理面前，拍拍他的肩膀，「不過經理，我保證這種事不會發生在貴酒店。請您放心。」

經理在團員的簇擁下走出房間，回到櫃台時，一人高的板條箱沿著大廳迎賓的紅地毯排成左右兩列。幾個身穿米黃色工作服的大漢正站在櫃台前。

「出了什麼事？」經理一鑽進櫃台就問道。

「貨運公司運了這些板條箱來，說是101號房客人託運的設備，問我們要放在那裡。」

「101號房的客人告訴我了，請他們把東西搬進寄物間，還有請客人下來簽一下收據。」

走出櫃台時，經理又補上一句：「另外，整修房間的包商在樓上嗎？」

「他們還在。」

等下記得要那個組長想辦法檢查一下箱子裡面。經理打定主意。

「這到底是什麼東西？」傅敏通和夏學庸正站在櫃台。環顧四周由板條箱構成的迷魂陣。

經理連忙迎上前去，「是其他房間客人的一點小東西。——今天玩得還愉快嗎？」

「多虧有夏先生，」傅敏通拍了拍夏學庸的肩頭，「他帶我參觀他在海邊正在改建的別墅，我正打算晚上請他喝一杯，您有什麼好建議嗎？」

「今天二樓餐廳旁的酒吧有營業。只不過——」

「不過？」

「你們不知道腳下踩的，是世界上最好的伊斯法罕地毯嗎？」

聽見吧台傳來的粗嘎嗓音，『鋼鐵王朝』中個頭最瘦小的成員抬起腳，端詳數秒鐘前踩在鉚釘皮鞋下的深紅色沃草。

「呃……對不起，我們不知道。」

「既然如此，就不要用他媽的鉚釘鞋底踩在上面。」吧台上傳來碰的一聲，「去換雙鞋子再進來。」

「哇，這個酒保的脾氣真大，」望向退出酒吧的樂隊，夏學庸端起威士忌，「難怪當時經理提起他時會吞吞吐吐的。」

「剛才我已經領教過了，」坐在他身前的男子說，「當時我鞋子上沾滿了海釣船上的柴油和海水，他叫我先到外面的化妝室，沖乾淨鞋子再進來。」

說話的男子是孫碧庵的友人，看上去大約四十來歲。身形高壯，瞇成一條的五官在曬得黧黑的方形臉上，和深刻的皺紋融合為一。從他牛仔外套上傳來陣陣摻雜海水和柴油的嗆人氣味，說明了他剛從海釣歸來的事實。

「只是沒想到，竟然能在這裡遇見您。」傅敏通望向坐在對面，正在啜飲一小杯葡萄酒的孫碧庵。

「活到這把年紀，有時會需要一點酒來帶動心跳，」孫碧庵放下酒杯，「因為套房裡就有吧台，平常我都是在自己的房間喝，今天剛好朋友帶剛釣到的魚給我，所以才會到酒吧來。」

「孫老，這樣不行喔。」男子伸出食指，在孫碧庵面前搖了搖，「你沒告訴他們，我還拿了最新的碳纖維釣竿來，你的手工竹釣竿在它面前，老實說和玩具差不多。」

「不過多釣到幾條魚，就神氣成這樣。」孫碧庵瞄了身旁自己帶下來的釣竿袋一眼，「碳纖維釣竿不管有多好，彈性也比不上手工的竹釣竿。」

「我們今天白天也在海岸釣魚，」傅敏通問：「外海今天魚況好嗎？」

「不錯，你冬天再來，那時候魚的種類會更多，不過冬天風浪也比較大，沒經驗的人可能會受不了。」

「話說回來，同樣是吧台，多了酒保的確感覺不一樣。」四季酒店的酒店在二樓的角落，空間讓毗鄰的餐廳壓縮成狹長的矩形。四人座的卡座沿著紅地毯走道左側靠窗一字排開，右側則留給酒保和他的吧台。

吧台使用的是殷紅如血的楓木，夾雜鮮紅眼斑，猶如火中餘燼的紋理，吸引了夏學庸的注意，「那個吧台……不會是鳥眼楓木吧？」

「沒錯，」傅敏通說，「聽說這裡的酒保在酒店創立，還沒有多少客人時，靠著在外面的宴會表演，維持酒店的營運開銷，前任老闆為了答謝他的幫助，將酒吧的設計全都交給他處理，而且不限預算。——說到這裡，喏，經理過來了。」

經理在門口望見傅敏通一行人，隨即走了過來。

「各位對酒吧還滿意嗎？」他問道。

「酒跟氣氛都很不錯，」夏學庸點點頭，「您這幾天都住在酒店裡嗎？」

「因為還有點事，」經理一面說，目光望向天花板頭等套房的方向，「對了，夏先生，這幾天睡得還好嗎？」

「還不錯，只不過——」或許是發現對方眼下長期操勞形成的眼袋和黑眼圈，夏學庸的語氣多了分躊躇，「有時候半夜醒來時，會聽到削木頭的聲音。」

「削木頭？」經理原本灰暗的眼神霎時警醒。

「聲音很小，睡著時根本聽不見，我本來想看看聲音是從那裡出來的，結果一起身，聲音就不見了。」

「我知道了，非常感謝您。」經理鞠了個躬，就大步走向門口。

「喂，經理，不用麻煩了。」夏學庸連忙站起身，但對方已經走遠了。他嘆了口氣，坐回沙發，「糟糕，我前幾天的投訴，是不是給他惹麻煩了？」

「看樣子經理有他的理由，別放在心上，」傅敏通拍拍他的肩頭，「另外，你的房間是不是有比較特殊的擺設之類的？」

「其實擺設和其他房間都差不多，如果說有什麼特殊的陳設，或許只有臥室裡那張美國獨立戰爭時期的寫字枱。據經理說，是整間房代表性的收藏。」

「寫字枱？」

「聽說是當時某位建築師所有，橡木桌面就像建築師的工作台一樣傾斜，將桌面向上拉開，裡面還有一個放紙張和文具的櫃子。」用威士忌潤滑乾澀的喉頭後，夏學庸繼續說道：「可能是我在訂房時有提到在住宿期間，可能會做一些像修改設計圖、批改學生報告之類的工作。希望房間能有從事文書工作的空間。所以酒店才會安排那間房間給我。」

「我當時是和酒店說因為年紀大了，希望能給我一間安靜點的房間。」孫碧庵啜了口酒，「傅先生，你呢？」

「哦，我沒有選。因為我一年有大部分的時間都在出差，所以只跟酒店要最好的房間，免得客戶來拜訪時不好看。」傅敏通笑了笑，「這樣說來，經理注意的，應該是那個樂隊吧？」

「是啊，光看他們Check in時帶進來的那些傢伙，任何人都會擔心。」夏學庸說。

「他們昨天下午搬了一堆音響器材放在寄物室，」孫碧庵說：「今天他們一整天都在頂樓和寄物間跑來跑去，聽說是要調整和測試音響器材，連原本在頂樓裝修套房的包商，都派了兩個人到寄物室修理配電盤。」

「他們該不會是要偷套房裡的什麼東西吧？」孫碧庵的朋友開口說道。

酒吧裡倏地安靜下來，坐在吧台的來客和酒保都望向卡座這邊，像是有七八盞聚光燈照在他們身上似的。

「朋友，你喝多了。」孫碧庵低聲說道，「我拿杯水給你。」

「不用了，」男子用雙手搓著臉，站起身來，「今天我——可能真的喝多了，我到吧台喝杯水。」

他拿起家當走到吧台前，把手上拎著的東西放在台面上，坐了下來。

酒保望了他一眼，「喝點什麼？」

「呃……薑汁汽水。」

確認他的朋友安份下來後，孫碧庵回過頭來，「不好意思，我這個朋友什麼都好，只是酒品……，真的很抱歉。」

「沒關係，」夏學庸說，「不過冒昧問一句，這位朋友的工作是——」

「他是退休刑警，」老者凝視面前的酒杯，「我以前在做進出口生意，需要和三教九流的人打交道。」

「退休刑警嗎……」傅敏通啜了口酒，望向吧台。

「我的老天爺，」經理說：「隔壁房間的客人一直聽到鋸木頭和削木頭的聲音，我的員工在床底下發現木屑，他們這幾天還運了一堆板條箱進來，準備把那張床拆成十幾二十塊運走。——你們要到民國幾年才要把他們抓起來？」

「既然如此，你為什麼不乾脆趕走他們算了？」

「我——」

「因為你也不確定他們是不是真的小偷，沒錯吧？」刑事組長雙手按住他的肩頭，讓他在103室唯一乾淨的椅子上坐定，「你在這一行做了那麼久，應該知道客人有各式各樣的怪癖。所以我們要確認，確認，再確認。你也同意吧？」

經理點了點頭，兩個月前有個據說有藥癮的女明星住在頭等套房，頭一天可能是時差、水土不服、或是睡前將不知名醫生開的安眠藥和威士忌混在一起服用。結果這位經常在螢幕前用魅力和美貌攻擊影迷的纖細女子，當天深夜像野獸般爬進酒吧，用指甲、牙齒和拳腳，攻擊正準備喝最後一巡酒的客人。

酒店動用了全部的夜班職員，才制服不斷對四周拳打腳踢的女明星。被緊急電話叫來的經理除了安撫酒客、包紮職員身上的傷口和瘀青，還要叮嚀他們下工後不要全擠到同一間醫院看診，免得引起媒體的注意。套句某位職員在事後說的：這件事讓他完全瞭解『女人是洪水猛獸』這句宗教標語的意義。

跟那件事比起來，這次不過是小CASE。經理試著說服自己。

「我的手下昨天檢查過他們放在寄物處的板條箱，裡面的確是音響器材。」刑事組長坐在他面前的地上，「為了怕裡面的東西只是徒具外殼的假貨，好讓他們把東西藏在裡面，我的人還插上電源，確認機器的燈號都會亮，指針都會動。才把箱子封好。」

「那他們的身分呢？」

「我們也確認過了，他們四個人真的是搖滾樂團，我的部屬尾隨他們到徒步區表演，據他們報告說，這四個小鬼的粉絲還真的不少，有些人還跟我開玩笑說，或許要開始考慮自己未來的生涯規劃了。唉。」

「所以說，現在只剩下一個辦法確認。」昨天一離開酒吧，經理就聯絡刑事組長，要求在所有房客都不在時，檢查每間頭等套房中的藏品。

「我們可以依照你的要求，——但是，你確定要這麼做？」

經理點點頭，「這是家父留給我的酒店。我有這個責任。況且，你也要給上級一個交代吧。」

「我知道了。」刑事組長一躍而起，拿出無線電對講機，「各單位注意，回報目標位置。」

「第一組回報，目標在徒步區。」

「第二組回報，目標在海岸寓所。」

「第五組回報，目標在海岸寓所。」

「第四組回報，目標在二樓餐廳和友人交談。」

刑事組長轉向經理，「101號房的客人在徒步區表演，102號房的建築師——」

「室內設計師。」經理說。

「沒錯——這兩個工作我一直搞不清楚——和105號房的鑑定師都在海岸室內設計師的寓所。104號房的老先生在二樓餐廳和朋友聊天。」

「他住進酒店後，好像都只是在餐廳和朋友見面話家常。昨天他還拿了些魚給廚房，說是朋友送的，要給所有客人加菜。」

「真令人羨慕啊，如果我們退休時能這樣就好了。」刑事組長晃晃手上的對講機，「如果有任何客人回來，我的屬下會通知我。現在開始吧。」

經理領著刑事組長走出房間，打開101號房的房門。兩天前運進房間裡的板條箱靠牆整齊排成一列，家具和剛入住時一般乾淨，連證明有人入住的空茶杯或披在沙發上的衣物都沒有。

「看起來，這幾個小子比你想的，要守規矩得多。」刑事組長說。

「四柱大床交給我，麻煩您檢查一下那邊的箱子，謝謝。」經理說完就走進臥室。

刑事組長搖搖頭，逐一打開板條箱，確定裡面都是像喇叭、擴大器之類的音響器材之後，再蓋上箱蓋。

「謝天謝地，所有的暗記都還在。」經理從房中走了出來。

「箱子裡也都是音響器材而已。」組長朝房門呶呶嘴，「走吧，下一個房間。」

夏學庸的房間地上放了十幾摞半人高的書堆，四處散落的大張草圖和藍圖蓋住了客廳和臥室的地毯，兩個人必須小心落腳處，免得在圖上的牆壁和窗戶間，留下殺風景的大腳印。

「不會吧，他真的拿這裡當工作室用？」組長環顧四周，「這間房間的收藏品在——」

「在臥室裡，」臥室靠牆有張深褐色的書桌，一個直角三角形的櫃子安放在四隻像梳妝台上彎成S形的木質桌腳上，直角三角形的斜邊構成了桌面，頂端刻意削平，上面擺了一瓶製圖用的墨水和打開的繪圖工具。

「這張桌子的桌面怎麼會傾斜成這樣？」組長問。

「十七、十八世紀時的寫字桌都是這樣子的，桌面傾斜成這樣，寫字時就不用彎下腰，和現在建築師的製圖桌一樣，」經理握住桌面底端的把手，將桌面向上拉開，露出桌面背部一個英文字的烙印，「這是當時製造商的烙印沒錯，我們走吧。」

對面的105號房收拾得十分乾淨，完全符合兩人對老年人的預期，客廳的茶几上有根組裝好的竹釣竿，似乎在等待主人做最後的調整。

「高更的作品嗎？」經理回過頭，瞥見壁爐上的畫。

「不用擔心，只是複製品而已。」經理取下畫幅，翻過背面。

畫布背後的中心點，貼了一張唐老鴨的卡通貼紙，角落已經有少許剝落。經理看著那張貼紙，笑了兩聲。

「這張貼紙是——」組長走到經理身旁。

「我小時候貼的，」他搖搖頭，嘴角不由自主咧了開來，「那時我聽爸爸說這幅畫是複製品，有一天捉迷藏躲在這間房時，就隨手把貼紙貼在這張畫背面，看有一天會不會讓大人發現。沒想到一直留到現在。」

「那證明這幅畫沒人動過。」

「是啊。」經理把畫掛回原位，「傅先生的房裡是六道甕，要看嗎？」

「你說的是那個——咦？」

「有什麼事嗎？」

「那個——」組長瞟向壁爐，上面的畫朝右側傾斜，「畫掛歪了。」

「不會吧，我記得剛才明明確定掛好了。」經理一面調整畫幅，口中還唸叨著。

走進傅敏通的房間，那口黑陶甕就放在玄關。

經理朝甕口瞄了一眼，「ＯＫ，這口甕也沒問題。」

「慢著，你剛才沒看吧。」組長一把拉住他。

「我看過了。」

「要不然，我們兩個一起看。老兄，我也要向上級交差的。」

經理吞了口唾沫，「好吧。」

兩顆腦袋一同探向甕口，望見裡面的剎那，兩個人同時退了好幾步，坐在地上大口喘氣。

組長好不容易才發出聲音：「那裡面——」

「相信我，你並不是第一個，」經理用袖子揩揩臉上冒出的冷汗，「如果你要找心理醫師的話，一樓櫃台有名片。」

「不，謝了。」組長勉強站起身子，「不過五間套房的收藏品都沒有被動過，你應該可以放心一點了。」

「不，我一點也不放心，」經理說：「１０１號房的客人還要兩天才退房，這兩天我應該會睡不著覺。」

「看過那個甕的人，我想沒幾個人睡得著。」組長拿出無線電，通知部屬收隊。

經理回想起多年前在櫃台值班時，父親要他在櫃台裡放一面鏡子，好在和客人應對時，可以檢查自己的儀態，是否有什麼需要改進的地方。

那面鏡子現在仍然放在櫃台裡，但此時裡面的臉卻蒼白而充滿倦意，看上去彷彿老了好幾歲。

１０１號房的客人不久前剛剛退房，贊助商派了一輛車來載運音響設備，耿子軒離開前還握住他的手，為這幾天對酒店帶來的困擾致歉。

刑事組長特地讓他的部屬幫忙搬運設備，順便檢查一下裡面的東西，結果和預期一般，沒有異狀。

「放心好了，我們已經掌握他們所有團員的資料，只要一有問題，就可以立刻逮捕他們。」他說。

如果他們一開始就想要偷那張床，就算掌握資料，也沒有什麼用吧。想到這裡，經理淡淡地笑了笑。

傅敏通和夏學庸提著行李，互相拍著肩膀走出電梯，後者身後跟著幾個西服裝束，手上抱著藍圖卷的青年。

「這一次給您惹了不少麻煩，」夏學庸往青年的方向張開手臂，「如果以後酒店需要改建，我的我的徒弟很樂意幫忙。」
「謝謝。」經理勉強擠出一絲笑容。
「不好意思，」孫碧庵不知何時出現在櫃台前，手上和來時一般，拎著一只釣竿袋，「可以先幫我辦退房嗎？我趕著去機場。」
「孫先生，玩得還愉快嗎？」正將零錢塞進口袋的傅敏通回頭問道。
「還好，這次見到不少朋友，還認識你和夏先生。」
「真的嗎？」傅敏通微微一笑，「那您為什麼來這裡一個星期，都沒有去釣過魚？」
「那是你們年輕人的活動，我年紀太大，玩不動了。」
「我曾經造訪過手工釣竿的作坊，要做一根釣竿必須反覆扭動和烘烤竹子，比較起來，釣魚說不定還比較輕鬆，而且這些作坊主人，全都是不折不扣的釣痴。」傅敏通說：「其實您來這裡的目標既不是魚，也不是釣竿，而是您房裡的那幅畫，我說得沒錯吧？」
孫碧庵唬一聲退後身子，直視傅敏通的目光中充滿了怒氣。
「年輕人，你知道自己在說什麼嗎？」
「對啊，傅先生，您是不是搞錯了？」經理奔出櫃台，擋在他們兩人之間，「那幅畫是複製品，而且前幾天我親自確認過了，沒有人動過那幅畫。」
「那是當然的，因為他的目標不是畫。」傅敏通一把搶過孫碧庵手中的釣竿袋，拉開袋口，抽出裡面的東西。
他手上的東西不是預想中細長的竹釣竿，而是一根和手臂一樣長的方形木棍。

「這東西是——」

「是那幅畫的畫框。正確地說，是畫框的一部分。」

孫碧庵猶疑了一下，隨即轉頭朝正門狂奔。

刑事組長吹了聲口哨，兩個穿著沾滿泥灰的T恤和牛仔褲，頭戴膠盔的漢子從大廳兩側的柱子後閃身而出，擋住他的去路。

「以一個老是說自己年紀太大的人而言，您跑得還真快。孫先生。」傅敏通轉向組長，「您應該不光是裝修房子的包商吧？工頭先生。」

組長搔搔亂髮，笑容中藏著一絲靦腆。

「這到底是怎麼一回事？」經理的視線在三個人的臉上游移。

「經理，我記得您和我說過，１０４號房那幅『塞納河畔的快船』是高更的最後一幅作品，在十年前交易前一天，被藝品竊賊用贗品調包了，沒錯吧？」

經理頷首。

「事實上，十年前那些歹徒，並沒有偷走『整幅』畫。」傅敏通說：「在毛姆的『月亮與六辨士』中曾經寫道，高更在大溪地時，並沒有加入當地的白人社會，而選擇和當地的波里尼西亞人一起生活，在當地原住民的眼中，他是個只會作畫，與人無害的白人。但是天生的審美觀卻提醒他們，這個白人或許正在做一件很重要的事。

「所以當高更過世時，這些原住民為了紀念他在島上生活的痕跡，決定由部落的匠人按照白人保存這類畫的方法，為他的最後一幅作品配上相搭配的裝飾，並交給傳教士帶回歐洲。」

「你說的『裝飾』，該不會是——」

「沒錯，就是那個畫框，雖然外觀和一般的畫框差不多，但是上面的渦狀浮雕，是玻里尼西亞當地的風格。也就是說，這幅畫其實是高更和當地匠人的集體創作。

「如果沒有畫框，這幅畫只是高更的眾多作品之一；但加上畫框後，光是背後的歷史及美學意涵，就能讓這幅畫成為博物館的無價之寶。

「十年前那名僕人或許是為了方便夾帶，才會只拆下畫布，但是令尊知道這幅畫的意義，所以不但買下明知是贗品的畫，還堅持要掛在客人看得到的地方。因為他知道——」傅敏通朝孫碧庵望去，「有一天同一個集團會想辦法，把畫框也偷走。」

「那畫框的其他部分呢？」刑事組長問。

「前幾天已經交給在外面接應的同夥了，」傅敏通說：「他每天將畫框拆下一部分，放在釣竿袋裡，用和朋友見面的名義，和對方放在相同樣式袋子裡的贗品調換，再裝回原本的位置。

「前幾天我們三個人在酒吧喝酒時，孫老的朋友因為白天坐海釣船出海，渾身都是海水和柴油的味道，還因為把沾滿海釣船油污的鞋子穿進酒吧，遭到酒保制止，但是他把應該也沾滿海水的釣竿袋放在鳥眼木的吧台時，酒保卻沒有出聲反對，這表示他帶走放在吧台上的釣竿，並不是帶來的那一組。原來的那一組，自然是在當時也帶釣竿的孫老手中。」

「但是前兩天在早餐時，孫老還主動打開釣竿袋讓我看，裡面真的是釣竿。」經理說。

「那是為了獲得你的信任，只要前兩天讓你看見裡面的東西，以後不管他在裡面裝什麼，你都會認為是釣竿。」傅敏通微笑說：「另外你是否想過，前幾天他拿釣竿給朋友時，為什麼還要附上拍立得照片？」

「等等，」夏學庸像想起什麼似的，「那該不會是——」

「比例尺，」傅敏通說：「在孫老來酒店投宿之前，竊盜集團已經準備好調包用的贗品，為了確保萬無一失，他們要孫老把釣竿和畫一起拍照，然後將釣竿和照片交給來酒店探訪的同夥，好讓他們可以用照片上兩者的比例，修改贗品的細節。」

「就算你全都說對了，那又怎麼樣？」孫碧庵大聲說道：「我和同伴約好了，只要我這時候還不回去，他們就帶著那幅畫和已經到手的部分畫框離開，到頭來你什麼也拿不到。」

刑事組長腰上的對講機響了起來，他拿起對講機，說了幾句。

「呃……經理，」他轉向經理，「警局要我通知你，他們不久前抓到了孫老的同夥，部分畫框，還有十年前被盜的那幅畫，等起訴程序告一段落後，局裡會通知你領回。」

「不好意思，我在本地也有幾個熟人，」傅敏通朝孫碧庵笑了笑，「我請他們幫忙跟蹤您那些『朋友』跟您見面後到了那裡，結果呢，他們好像都回到同一個地方，真是巧合啊。」

「你——」

「別擔心，你在警局應該會有很多話搭子可以聊，這些領薪水的公務員唯一擔心的，恐怕只是你不肯開口而已。」

「你聽到了吧。我們走。」刑事組長朝傅敏通點頭，帶著孫碧庵走出大門。

刑事組長帶上玻璃門，整間大廳也隨之沈澱下來。幾秒鐘後，一陣來自櫃台的鼓掌聲和口哨聲，引爆了室內的空氣。

「經理！恭喜您！」櫃台後的酒店職員一個個探出身子，和呆站在原地的經理握手。

「兄弟，你太帥了！」夏學庸一把攬住傅敏通的肩頭，一旁的研究生紛紛吹起口哨。

傅敏通走到經理面前，伸出手來，「恭喜。」

「謝謝。」經理連忙一把握住。

「現在您應該知道，令尊那句遺言的意義：『只要你相信，畫就是真的』。」

「是啊，」看著傅敏通的臉，經理像想到了什麼，「傅先生，我這裡還有一件小事，不知道您肯不肯幫忙？」

「難怪前幾天我把那幅畫掛回去時，組長會告訴我畫掛歪了。」經理領著傅敏通走出電梯。

「大溪地當地的木料比較輕，贗品使用的木材比較重，組合在一起，整組畫框當然會不平衡。」

兩人像一個星期前一樣，走進１０１號房的臥室。

「您說這張床您已經檢查過三次了。不太可能有問題吧？」傅敏通望向室內。

「不過我還是不太放心，所以想請您檢查一下。」

「我知道了。」傅敏通拿出手電筒，開始檢視床柱。

過了幾分鐘，他收起手電筒，在床邊找位置坐了下來。

「怎麼樣？」經理問。

傅敏通過了一兩秒才開口，「先坐下來吧。」

經理在他身旁坐下。

「你的懷疑是正確的，」傅敏通吸了口氣，「床被調包了。」

「怎麼可能？」經理一骨碌跳了起來，「我兩天前檢查過，製造商的暗記都還在。」

「你還真的相信那些暗記啊。」傅敏通抓住床尾欄杆的一根支柱用力拉，支柱喀地一聲折斷。

「天啊，你在幹什麼？」經理的聲音聽起來像是在尖叫。

「真正經過一兩百年的橡木，硬度和鋼鐵差不多，光用手是掰不斷的。」他將支柱的斷面湊到經理面前，然後往旁邊一扔，「這玩意根本是不值錢的樺木。」

「那他們──他們是怎麼做到的？」

「很簡單啊，他們先把比較小的組件拆下來，用空調管道拉到在整修的１０３室，當成建築廢棄物藏起來，夏學庸在晚上聽到老鼠的聲音，事實上是他們運送組件時，和管道碰撞發出的聲音。至於像床柱之類比較大的組件，則等到那些板條箱運進酒店時，放在音響器材裡分批運出去。」

「但是我們測試過那些音響器材──」

「接了電燈號都會亮，指針都會動？」傅敏通搖頭，「那只要幾條電線就能做到了，剩下來的空間，裝床柱綽綽有餘。」

經理呆站在房間裡，「現在報警──不知道來不來得及？」

「我勸你最好不要這樣做，」傅敏通拍拍他的肩膀，「以前荷蘭某家博物館有批油畫失竊，館方依照官方做法通知荷蘭警方，在全國張貼懸賞告示，結果你知道怎麼了嗎？」

「畫找到了？」

「是找到了，其中一個竊賊的母親，在他兒子的房間發現那批油畫，為了不讓她的心肝寶貝蹲大牢吃臭飯，她做了藝術史上最愚蠢的一個決定——把那些畫全丟進阿姆斯特丹的污水下水道裡。直到現在，那家倒楣的博物館，還在試著修復那些油畫。」他停了一下，「你不希望有一天在某個垃圾焚化爐之類的地方找到那張床吧？」

「那我應該怎麼做？」

「想想看令尊當年的做法，」傅敏通說：「我有一個建議，想聽嗎？」

朵朵纖細的身形埋在大床蓬鬆的被褥中，只露出看得見顴骨的小臉，還有化療剩下的幾莖淡黃色髮絲，就像麥田刈割後，田土中殘留的枯黃莖葉。

媒體全退到病房入口院方準備的休息室，平常為這類新聞，死也要把麥克風塞進受訪者嘴裡的他們，這種場合倒是滿合作的。

唐宇威和我癱坐在病房外，為探病家屬準備的塑膠長椅上，剛才和朵朵見面時，他特地戴了小丑圓滾滾的紅鼻頭，右手還套了熊貓造形的布偶。

「謝謝。」我轉向他。

「沒什麼。」他用空著的左手要拿下紅鼻頭，但是手一滑，用橡皮筋固定的紅色圓球結實打中他真的鼻子。我笑了出來。

昨天晚上唐宇威打電話到事務所，要我準備志工到醫院拿床，喜願社的志工到達時，只看到一輛貨櫃車停在醫院的停車場，他和四個身穿黑色T恤和牛仔褲的青年站在打開的後車廂，裡面是捆紮好的大床零件。

「你到底怎麼辦到的？」我問。

「這一個禮拜，我都以古物鑑定家的身分住在四季酒店。」

他花了一點時間，說明這一星期發生的事，也就是你們先前看到的內容。

聽完他的說明，我朝房門的方向瞥了一眼，「不會吧，這張床是你從四季飯店偷——」

「你認為我是那種人嗎？」他把右手的布偶舉到我眼前，讓布偶的嘴不斷開合，「從開始到最後，那張床一直都在頭等套房裡。」

「那你怎麼——」

「話說回來，你解開上次我的那個問題了嗎？」唐宇威說：「要用幾顆水雷，才能封鎖一個港口？」

「老實說，我解不開。」

「一顆都不用。」

「一顆都不用？」

「你只要通知媒體在這個港口布了水雷，來往的船隻麻煩各安天命，與人無尤之類的。以後這個港口不管任何大小意外，那怕只是港口裡有漂流物，大家都會把原因歸咎到水雷上。」唐宇威停了一下，「在這世上，有時候你『實際』做了什麼並不重要；重要的是，別人『相信』你做了什麼。

「同樣的，如果要拿到四季酒店的那張床，與其真的去偷，更有效的方法是，讓對方『相信』床已經被偷了。」

「所以那個搖滾樂團——」

「他們真的是搖滾樂團，我想你們已經見過面了，就是跟我來的那四個小夥子，」唐宇威望向右手的布偶，「我原本只想要他們在前幾天製造一點噪音，好挑起那個經理的懷疑。沒想到他們知道計畫後，跟我吵著說要玩大一點，我索性也配合要求，把他們加進整個計畫中。」

「他們為什麼會答應你？」

「因為耿子軒的妹妹也是白血病患者，他們當初之所以會組成『鋼鐵王朝』，是為了幫他妹妹籌醫藥費。」

「那他妹妹——」

「已經走了，」凝視手中的布偶，他的聲音聽起來像是夢囈，「兩年前我到卑爾根時，住在當地的青年旅舍，因為裡面經常有扒手，很多背包客都抱著相機和錢包睡覺，當時這四個傢伙帶了一堆樂器和表演用的設備，多到他們四個人幾乎是睡在設備和上鋪的夾縫間。

「我帶他們到火車站，掏腰包租了個大號的寄物櫃讓他們放家當，當時的卑爾根剛好是永晝，太陽根本不下山，我們就找了個咖啡座聊天，也沒有回青年旅舍。後來呢，我們就一直保持聯絡。這個禮拜，我剛好邀請他們在徒步區表演。」

「所以第一天酒店經理聽到的鋸木聲，實際上是他們用手上的樂器做出來的。」我問：「那第二天102號房聽到老鼠的聲音，其實是——」

「第二天我出門時，找到那個在酒店門口擺攤賣玩具的老太太，把她攤子上的小迴力車全買下來。當時她跟我握手時手勁之大，現在想到手還會痛，」唐宇威甩了甩手掌，「我在徒步區把迴力車交給耿子軒，要他在晚上把車一部部拉緊彈簧，放進通往103號房的空調管道，夏學庸聽到天花板老鼠跑過的聲音，其實是迴力車通過空調管道的碰撞聲，當迴力車跑到另一頭時，就會掉進管道開口下鍍了一層鐵的陶瓶裡，所以有時還會聽到零星的鐘聲。」

「那為什麼隔天酒店經理到103號房時，沒有看到迴力車？」

「因為我比他早一步到103號房，把陶瓶裡的迴力車全都收起來，當他到那裡查看時，我裝作在欣賞花瓶，其實夾克的口袋裡都裝滿了小迴力車。」

「在床舖旁的木屑，是我要耿子軒刻意灑在床頭櫃四周。他們帶進酒店的板條箱，裡面都是貨真價實，從徒步區劇場運過去的音響器材。」

「那後來那個削木頭的聲音——」

「關於這個，你有沒有聽過一個都會傳說：『鬧鬼的寫字檯』？」

「『鬧鬼的寫字檯』？」

「二次大戰之前，有很多人買到或繼承美國獨立戰爭、南北戰爭或是法國大革命時的木質家具，像是衣櫃或寫字檯之類的，每晚夜深人靜時，這些家具就會傳來像是有人用指甲搔抓桌面和櫃板的聲音，但主人下床查看時，卻一點聲音都沒有。於是就開始有人傳說這些家具裡，寄居了某位不幸物主的鬼魂，乘著夜晚出來作祟，」唐宇威說：「事實上住在這些家具裡的，並不是他們某位運氣欠佳的祖先，而是一種罕見的蛀木蟲，這種蛀蟲蛀食木材的速度很慢，只在夜間活動，而且聽覺異常敏銳，只要一聽到人聲，就會停止活動。在夏學庸這種在裝修工地生活的人耳中，牠們蛀食木材的聲音只是單純加工木材的噪音，但對一百年前敬神畏鬼的人而言，自然會添加各式各樣的想像。後來因為用硫磺燻蒸古董家具除蟲的方式逐漸普及，這種傳說就愈來愈少，但是四季酒店的那張寫字檯，顯然沒有經過類似的處理。」

「那後來呢？」

「第一天酒店經理帶我參觀那張床時，我記下其中一支欄杆支柱的結構和大小，要劇場的道具人員用廉價的樺木仿造一支，上面的斷痕都是預先做好，用補土黏好，再藏在揚聲器裡運進酒店。離開前一天，耿子軒卸下床上原來的支柱，用仿製品取代。再把原來的支柱放回揚聲器裡。後來酒店經理要我鑑定那張床時，我故意掰斷那根支柱，讓他看見裡面樺木的紋理，好讓他相信床已經被調包了。

「我告訴他如果報警，對方可能情急之下毀了整張床，不如像前任老闆一樣，用這張『贗品』當主角辦個公開活動，因為不會有人相信酒店會用贗品當活動主角，對方可能會舉棋不定，甚至可能再玩一次把戲，把床再換回來。」唐宇威說：「多虧你一個星期來不斷打電話，他當時就提到把床交給你，只是他拒絕了你一個星期，畢竟臉拉不下來，所以才託我——嗯，當時的我

——把床運過來。」

「如果他知道這張床是真的——」

「他應該已經知道了，如果他膽子夠大的話。」唐宇威說：「我在退房前，把第二天回收的迴力車和一封信，放在他特地借給我，沒有門的保險櫃裡。」

「沒有門的保險櫃？」

「那個六道甕，他第一天為了那個甕和我道歉，其實當時，我真的想謝謝他，」他爆出一聲大笑，「想想看，因為根本沒多少人敢看那個甕裡面，我大可將所有要藏起來的東西，都放在那個甕裡，結果到頭來竟然沒派上用場，豈不太可惜了？」

「唐宇威！你這個王八蛋！」走道另一邊傳來一個聲音，一個身穿黑色西裝，領口敞開的高個子大步走來。

「不會是——那個經理吧？」

「看來他的膽子，比我想的要大得多。」唐宇威起身。

「我幫你打圓場吧？」我跟著站了起來，「畢竟是我找你幫忙的。」

「安啦，我能應付。」他在走道盡頭的對開門停步。

那經理大步走到我的朋友面前，一把抓住他的外套領口，唐宇威左臂攬住他的肩膀，右手順勢推開了對開門。

門外等候的記者全都站了起來。

「各位媒體朋友！」他大聲說道：「讓我們歡迎本次活動的贊助者，本市四季酒店的經理！」

相機的鎂光燈不約而同點亮，把走道渲染成沒有邊界和輪廓的一片白，我跑到對開門時。唐宇威抓住酒店經理的胳臂，一把抱住他。

經理的頭被壓在唐宇威的耳際，我站在唐宇威身後，隱約能聽見他低聲說：「他媽的，你到底想做什麼？」

「看在我幫你找回那幅畫，大家扯平吧，」唐宇威低聲說：「另外再給你一個報復的機會，你應該要感謝我。」

「感謝你？」

「把你酒店未來一年的活動和行銷企劃合約交給我，價錢另外商量，」唐宇威托住經理的頭，讓他看見還在不斷按快門的記者，「想想看，他們每個人都能幫你招來一千個客人。不，五千個都有可能。」

經理鬆開了我朋友的領口。

「現在，我們請四季酒店的經理為我們講幾句話。」唐宇威把麥克風遞給經理。

經理整理了一下領口，將麥克風拿到嘴邊。

唐宇威朝我點點頭，我退後身子，掩上對開門。

（本篇完）

後記

這部拙作名稱中的「梨子」正如開頭所言，源自《聊齋》中的「種梨」。「封鎖港口的方法」，源自湯姆・克蘭西的《核子潛艦之旅》。至於小說裡面沒有提到的「西瓜」，則是出自夢枕獏《沙門空海之唐國鬼宴》第一卷「入唐」裡，可以憑空變出瓜果的幻術師丹翁。

這三部作品的共同之處，在於使用各式各樣的手段，讓觀眾信以為真，以為在市中心可以種出梨樹，長出瓜果，還可以馬上收成；以為某個港口入口佈了好幾百顆水雷。

但是仔細深究，才發現根本沒有這回事。而且手段說穿了簡單無比，似乎一吹氣就可以刺破。

就像我們在電腦或手機上，經常看到有廣告通知我們抽到iPhone，抽到綠卡，中了大獎，或是可以到柬埔寨或杜拜當荷官，工作輕鬆免經驗，月入數十萬，一年實現財富自由之類，在現實中打死都沒人會信的東西。但搬到網路上，就有人信以為真一樣。

或許就像《沙門空海之唐國鬼宴》裡面，初入大唐的空海看到丹翁可以在大街上種出瓜果時講的：

「語言，真的是最可怕的幻術啊。」

集郵者　224

今日特調

FRANK LLOYD WRIGHT
2c
U.S.POSTAGE
EGYPT
50PT
We hold these Truths...

「喂，今天我要寄這個，還有幫我影印一下這幾張申請書。」
碰地一聲，一只牛皮紙箱丟在櫃台上。
其他人望望彼此，心裡想的事應該都差不多：『特調』又來了。
我是電腦工程師，多年來每天上班時，總是習慣到超商或早餐店之類的地方吃頓早餐、喝瓶飲料，調整一下心情再上班，辦公大樓底層角落的這間超商，就成了每天早上的必經之地。超商的空間只夠塞進兩組貨架，影印機、提款機、熱食櫃之類的設備都只能擠到四周緊貼著牆，地方雖小。但座落在住宅區和商業區的交接處，多年來也培養出一群常客，大家或許叫不出彼此的名字，但都可以認出對方是誰，做什麼工作，以及每天買些什麼。
「不好意思，是我先來的。」
我通常用她們常點的東西為每個常客命名。此刻說話的年輕修長女子是『優格』，身上一襲附近銀行辦事員的藍色套裝制服，準備結帳的優格放在櫃台上，她手上拿著化妝盒，另一隻手拿著粉撲，正端詳著化妝盒鏡中的影像補妝。
「我趕時間。」『特調』頭也不回，就拉著櫃台後的店員朝影印機跑。
「趕什麼時間？店是你一個人開的？」『可樂』把手中裝著黑色飲料的寶特瓶往櫃台一甩。大學學生常見的T恤、百慕達短褲和涼鞋鬆垮垮地套在他瘦不拉嘰的身架上，一只脹鼓鼓的購物袋荷在肩上，從袋口可以瞥見裡面塞滿書籍和筆記，背帶上還繫了張『追分成功』的車票。
「年輕人，先等一下吧，一大早火氣不要那麼大。」
身後鬚髮皓然，一襲米白色唐裝的『綠茶』拍拍他的肩膀，另一隻手拿著瓶裝綠茶和報紙，腋上夾著縮起劍刃的健身劍。

「怎麼不大？怎麼不大？我今天要期中考，考不過就當掉了。」他一面喃喃自語，還不斷拿手上的寶特瓶嘭嘭猛敲櫃台。

整件爭論的導火線聾了般站在影印機旁，乜斜著眼，睨視店員操作觸控螢幕和按鈕。

『特調』大約四十幾歲，每次來店裡，身上總是穿著相當考究的黑色西裝，手上不是抱著紙箱，就是一摞可以讓影印機花半個小時才能消化完畢的文件。

至於他的名字，你猜對了。他到店裡都點咖啡，不知道從什麼時候開始，店員總是幫他準備一份特調咖啡，也是店裡除了郵寄服務、香菸、影印機和提款機外，少數幾樣他關心的東西。

「這樣它自己就會開始印了，您在這裡等一下，我去為您泡咖啡。」

店員低聲交代幾句，小跑步鑽進櫃台。

「不好意思，讓各位久等了，」他拿過『可樂』手上的寶特瓶用掃描器刷過，一旁的收銀機立刻吐出發票，「您急著考試是吧？我先幫您結帳。」

「謝謝。」『可樂』接過飲料和發票朝門口狂奔，離開時還瞪了站在影印機旁的『特調』一眼。

「還有您，要領拍賣的包裹嗎？」他低頭在櫃台下翻尋，拿出一個牛皮紙箱遞給『優格』，「您今天看起來氣色真好。」

「謝謝，」她抱著紙箱，「其實……今天晚上我們有聯誼，你要不要一起來？」

和客人一樣，超商每天這個時段，也是由同一個瘦高個子的店員值班，不知道是公司的規定，還是為了和身上的紅背心制服相配，不管遇到多麻煩的客人，他的嘴角似乎永遠沒有拉下來過。傳說他曾經在某家知名的咖啡店服務，很多人經常找他值班的時段上門買咖啡，據喝過的人表示，味道的確比其他店員泡的要好。

「有沒有白長壽？」店員把『特調』託運的包裹收進櫃台時，包裹的主人從影印機走了過來，「還有，我的咖啡好了嗎？」

「您的香菸在這裡。」他從身後的香菸櫃拿出菸包，打開咖啡機，「咖啡馬上好，請等一下。」

『特調』打開菸包，抽出一支點燃，視擱在櫃台上的塑膠禁菸標誌如無物，施施然走回還在運轉的影印機。

「一大早就遇到這種客人，真難為你了。」『綠茶』把手上的東西放在櫃台。

「為客人服務是我們該做的。」店員逐一刷過瓶裝飲料和報紙的條碼，和發票一起交給老者，「祝您今天順心。」

『綠茶』走出店後，店員拿出抹布，均勻地滑過每一吋檯面，彷彿面前鋪上亮光板的合板檯面是咖啡廳戶外雅座的玻璃桌面。拿起抹布仔細察看，確定已經擦拭乾淨後，他彎下身子將抹布放回櫃台下，抬起頭時拿了個紙杯放進咖啡機，機器微微震動，傳出磨豆子的擠軋聲後，一道散發濃烈焦香的咖啡，從出水口緩緩注入杯中。

『特調』抱著紙張，叼著香菸走到櫃台時，咖啡已經放在櫃枱上，儘管有蓋子牢牢封住，但還能聞到隱約的焦豆香。

「一共多少錢？」他把整疊紙張和文件啪一聲丟在櫃台上，順手抄起紙杯。

店員敲了敲收銀機，遞過發票。

「謝了，」他拿起紙杯喝了一口，在嘴裡嗽了嗽再吞下去，就像在品嚐法國某家酒莊的葡萄酒，「口感像珍珠奶茶，還有點沙沙的。——叫什麼名字？」

「綠珍珠，」店員說：「巴黎塞納河畔有間叫綠珍珠的咖啡館，今天我泡的咖啡是那間咖啡館的招牌，以前和店長學的。」

『特調』點點頭，仰頭喝乾咖啡，和往常一樣右手一揚，紙杯畫了道拋物線，掉進門旁的回收筒。他掏出錢包付了帳，抱著文件走出門口。

整間超商只剩下店員和我，我走到櫃台。

「先生，要咖啡嗎？」店員問。

「不用了，我要這個就好。」我把沙士放在櫃台上。

「喂，我要繳這幾張帳單，還有教我一下傳真機怎麼用。」

今天『特調』像平常一樣，進門就擠進隊伍前頭，順手把一疊帳單丟在櫃台上。

「幹！你瞎了是嘸？沒看到恁爸站在這裡？」

『蠻牛』揪住他的西裝衣領，一把將他拉出隊伍。

「我只是繳幾張帳單，為什麼動粗打我？仗著拳頭大是不是？」

「恁祖媽還敢回嘴？不打你你以為恁爸怕你不是？」

我和隊伍後面的人連忙拉住『蠻牛』，不讓他撕爛『特調』身上的名牌西裝。

店員跳過櫃台，扶起坐在地上的『特調』，帶到傳真機旁。

「幹，後次要是在路上遇到，恁爸就朝這婊子的頭殼壓下去。」『蠻牛』的嘴裡還吶吶地罵個不停。

「別這樣，你的車子還在外面沒熄火，難道你想丟下車子，被人載到警局做筆錄？」我朝他手上的購物籃一瞄，裡面除了提神飲料，還有飯糰、大瓶的礦泉水和烏龍茶，「今天要跑長途嗎？」

「對啊，等下要載怪手到屏東，要後禮拜才會回來。」他拿下夾在耳朵上抽了一半的菸屁股，放在櫃台角落。

身形矮壯結實，穿著露出黝黑肌肉的圓領汗衫，還有沾滿機油和泥沙牛仔褲的『蠻牛』是卡車司機，經常載著從砂石到重機具之類的玩意南北奔波，他平均一兩個禮拜才會出現一次。雖然人在店裡，兒子卻還等在外面升火待發的卡車裡，靠著助手席前的儀表板寫功課、背單字。

「不好意思，讓您久等了。」把『特調』留在傳真機，店員走回櫃台，抓住『蠻牛』手上的購物籃放在櫃台，開始刷條碼，「您兒子待在沒熄火的卡車裡，這樣沒問題嗎？」他問。

「沒法度啦，囝仔自小歹命，」『蠻牛』揮揮手，「現在載怪手到工地時，他還會幫我把怪手駛下來。」

「時間來不及，我先走了。」剛才和我一起拉住『蠻牛』的人，把手上的東西放回冰箱。我朝他望了一眼，是『可樂』。

「還好吧？」我說：「你看起來好像沒什麼精神。」

「期中考考爛了。」他聳聳肩，「隱形眼鏡不知道掉在那裡，考卷上的字全部看不見，最後全都用猜的。」

「用——猜的？」我愣了一下，「那成績怎麼辦？」

「只有等下次交報告了，」他瞪了正在操作傳真機的『特調』一眼，「你也要小心一點，只要遇到那傢伙，好像都沒什麼好事。」

「老闆，謝謝喔，後禮拜我帶屏東的烤魷魚給你。」一結完帳，『蠻牛』連忙提著兩只塑膠袋跑出門口，跳上門外的卡車。

刷完『特調』留在桌上的帳單，店員拿出抹布拭淨櫃台，把紙杯放在咖啡機下，開始煮咖啡。

『特調』捧著文件走到櫃台前，拿起咖啡喝了一口。

「呃……今天的咖啡有點苦。」放下紙杯時，他的眉頭微微揪著。

「今天的特調咖啡叫『Malecón』，是西班牙語『堤岸』的意思，古巴當地也用這個字稱呼哈瓦那的海濱大道。」店員說。

「古巴？所以用的是當地的咖啡豆嗎？」『特調』又喝了一口，「應該是深烘焙的吧？我就知道。」

店員點點頭，「餘味有點苦，不過有很多行家喜歡這種成熟的苦味，就像您一樣。」

「是嗎？」『特調』將咖啡一飲而盡，捧著文件離開。

「希望您下次再度光臨。」店員朝他的背影喊道。

「這是真心話嗎？」我把寶特瓶裝的沙士放上櫃台，「跟我們比起來，你每天都要看到他，而且又沒人安慰你。」

「能看到大家來這裡，我就很開心了。」他笑了笑，刷過寶特瓶上的條碼，「還要買點其他的嗎？」

「呃……我可以點和剛才一樣的咖啡嗎？」我想了想，「叫什麼來著？嗯……『Malecón』。」

「抱歉，那個材料是我自己帶來的，一天只有一杯。」

「一天只有一杯？」

「我以前在咖啡店工作，每天泡一杯是為了磨練技術。」他說：「而且讓別人喝過，比較能得到客觀的評價。」

「可是你每天只泡給他喝，不覺得太浪費了嗎？」

「不會啊，開咖啡店原本就要面對各式各樣的客人，如果連那位客人都能滿意，表示我的技術還沒退化太多，」他笑了笑，「不是嗎？」

超商一角的玻璃窗，放了張完全貼合落地窗弧度的長桌和幾張圓凳。每天早餐和午餐時刻經常有女性上班族買了餐點坐在圓凳上，交疊起線條優美的小腿，對窗外匆匆走過的男性上班族品頭論足。

這天早上我走進店裡，只見『優格』坐在落地窗前，不過她垂著肩膀，低著頭，似乎沒有注意窗外。

「出了什麼事？」我走到她旁邊的位子坐下。

「我完了。」『優格』嘆了口氣，秀氣的頭頸擱在白色美耐板的桌面上。

「虧空公款被逮到了？」

「怎麼可能？」她唬一聲立起身子，雙肩又軟了下來，「是聯誼的事啦。」

「聯誼不好嗎？」『牛奶』拉著菜籃車，坐在她另一邊。

「就是太好了，」『優格』的聲音聽起來像是夢囈。

「太好了？我不懂。」

「那天參加的人有個帥哥，我好不容易坐到他對面，結果他第一句話就說：『小姐，妳的眼睛沒事吧？』」

「眼睛？」我問。

「是假睫毛啦，」她說著說著，又趴在桌面上，「我在桌子底下打開化妝鏡，才發現一邊的假睫毛和粘丹鳳眼的雙眼皮膠帶都不見了。」

『牛奶』笑了笑，隨即打了個噴嚏。

「妳還好吧？」『優格』抬起頭。

「沒事，是花粉熱，」她抽出面紙擤擤鼻子，「每年一到這個時候就這樣，過一兩個禮拜就沒事了。」

身形已經顯出人母的福態，頂著燙過蓬鬆捲髮的『牛奶』，是住在附近的家庭主婦，每天帶孩子到市場買完菜後，會到這裡用點數換商品，順便買明天早餐要喝的鮮奶。

她四歲的兒子『多多』正在貨架間穿梭，除了到處翻翻玩玩，看是否有什麼好玩的東西外，大部分的注意力都放在一隻飛進店裡，渾身碧綠的甲蟲身上。

「妳兒子這樣跑沒問題吧？」我說。

「不要跑了，快點回來。」『牛奶』朝貨架間『多多』的方向喊道。

『多多』回過頭準備說話，身子卻撞上站在影印機旁操作的男子，一屁股摔倒在地上。

那個人是『特調』。

「你這小鬼沒事撞我做什麼！」他朝坐在地上的『多多』大吼：「不想活了是不是！」

『多多』懵了一秒，霎時迸出眼淚和鼻涕，伴著讓人心煩的尖銳哭聲。

『特調』正要舉起文件朝『多多』的頭頂敲下，手中的紙張突然傳來嗡嗡聲。

那隻甲蟲正落在文件上，朝他手背爬去。

他用力揮了兩下，紙張掃中甲蟲碧綠色的身體，像投石機投出的石子般射向櫃台。

「你這店員怎麼幹的？」他朝櫃台大吼，「連蟲子都有，這裡又不是兒童樂園！」

「是，是，真的很不好意思，」店員不停鞠躬。

『牛奶』連忙起身，匆忙收拾一下桌上的雜物，拉著兒子到櫃台結帳。

「不好意思，給您添麻煩了。」拿到發票後，她朝店員點點頭。

「不用客氣，不用客氣。」店員不住擺手，望向一旁的『多多』，「你還好吧？」

『多多』點點頭，吸了吸鼻子。

「來，看叔叔這裡，」店員伸出雙手在『多多』面前張開，然後握成拳頭，再張開時，手上多了根棒棒糖。

『多多』霎時張大嘴巴，店員把棒棒糖遞過去，「給你。」

「不，不能拿，」『牛奶』看見她兒子要接棒棒糖，連忙說：「這怎麼好意思？」

「沒關係，沒關係，」店員朝孩子的母親笑了笑，「是我們的疏忽讓孩子被嚇到，算是我們表示的一點歉意，還請兩位不要介意。」

看著正吮著棒棒糖的兒子，『牛奶』拍拍他的頭，「來，跟叔叔說謝謝。」

『牛奶』帶著兒子離開後，店員馬上清理桌面，準備咖啡。

「喝起來有點滑滑的，像棉花糖一樣，」『特調』放下紙杯，「糖霜？」

「是奶泡，」店員說：「這道咖啡是一個以前的同事教我的，叫『流冰天使』。」

「『流冰天使』，是北海道那裡的嗎？」

「您果然是行家，」店員微微一笑，「這是北海道網走一家咖啡館的招牌，那家咖啡館的老闆在夏季時有少量種植咖啡豆，我特別透過同事買來的。」

「名字不錯，」他一口喝乾咖啡，把空杯丟進門口的垃圾桶。

「喂，」『特調』離開後，趴在桌上的『優格』輕聲說：「你有沒有想過，那個店員為什麼都不會生氣？」

「他們應該都受過訓吧？」我說：「銀行行員不也一樣？」

「可是我們會啊。」『優格』別過頭，望向店員，「難道沒人可以教訓一下那個傢伙嗎？」

「什麼？你要可以作弄人家的東西？」隔間牆對面傳來聲音，「你要這玩意做什麼？」

「拜託啦，我有不得已的苦衷。」我一面敲著鍵盤，看著螢幕滑過一堆數字，顯示客戶的防火牆設定，一面對著隔間牆說『特調』的事。

隔壁同事平時愛做印度料理，下班後在外面的媽媽教室教人做菜，每年休假時都會跑到印度、中東等盛產香料的地方，然後帶著一堆散發奇異香味、也吸引海關官員和緝毒犬注意的瓶瓶罐罐回來。

「這樣啊……」聽完我說的故事，隔間牆那頭傳來一句話：「你說那傢伙喝咖啡？」

「嗯。」

隔壁一陣沉默。時間久到我已經不認為他會幫我時，隔間牆傳來兩聲叩響。一只半個巴掌大，摺成藥包形狀的白色小紙包從牆頭傳了過來。

我接過紙包打開，裡面是鮮紅色的植物種子，鮮艷到即使隔著一層紙，都讓手心不停沁出汗水，「這是——」

「西藏一個山區小村落種植的花椒，」隔間牆那頭說：「普通人吃了三分鐘就會渾身冒汗，十分鐘就會辣到腦門冒火，有些交感神經敏感的人甚至會昏倒。因為實在太辣了，市面上只能買到研磨過再混合其他香料的加工品，像這種未經加工的種子根本禁止出口。」

「那你怎麼會有——」

「以前有人跟我嗆聲說可以生吞整根墨西哥燈籠椒，世上再辣的東西他都吃得下。一時興起就……你到底要不要？」

「我要，我要。」我趕緊說，「謝了。」

「謝什麼？記住了，我沒拿任何東西給你，也沒教你要怎麼用，明白了嗎？」

「不會吧？你只做到今天？」今天一走進超商，就聽到『特調』的聲音。

「正確來說，是昨天。」店員說：「我做到待會下一班的店員來交班為止，謝謝各位這些日子的照顧。」

「你走了，我們會很捨不得，」『綠茶』踱到櫃台前，朝四下不住張望，「以後能有機會再見到你嗎？」

「只要有緣份，隨時都能見到面，」店員順著他的視線四處逡巡，「您在找什麼東西嗎？」

「我的假牙不見了，」我瞥見老者癟著一張嘴。「剛剛有誰看到我的假牙？」

「假牙嗎？我沒看到，」店員望望四周，翻開櫃台兩旁的商品架，「我會幫您留意，請不用擔心。」

「別管什麼假牙了，幫我給這些文件寄快遞，」『特調』把一疊牛皮紙信封丟在櫃台上，「看在今天是你最後一天，影印我自己來就可以了，不過咖啡要幫我準備好。」

「即使是最後一天，這傢伙好像還是老樣子嘛。」站在我身後的『可樂』望著『特調』的背影聳聳肩，拿著已經結帳的可樂走到角落餐桌。

店員熟練地給『特調』的每份文件填寫資料，放進後方的待收櫃中，然後清理檯面，準備煮咖啡。

我張望四周，確定旁邊沒有其他人，插在褲袋裡的右手握著小紙包，正微微滲出汗水。

店員把抹布收回櫃台下，拿出紙杯，轉身打開咖啡機。我立即抽出右手，打開紙包。準備把裡面的紅色種子倒進紙杯。

店員倏地回過身，牢牢握住我拿著紙包的手腕。

「先生，」他直視我的眼睛，「您要做什麼？」

我想抽回手腕，但被他牢牢握住，動彈不得。

「這是什麼？」他拿起我手中的紙包，放開我的手，再仔細審視裡面的紅色種子，「是西藏山椒嗎？好久沒看到了……」

「你知道？」我揉揉手腕。

「以前在咖啡館工作時，老闆曾經訓練我們認識香料。」他一把握住紙包，「先生，這樣做不行喔，這個東西就先放在我這裡保管，今天的事，就當做我沒看到。」

我正要開口，他已經轉身將紙杯放到咖啡機的出水口下。

全都泡湯了。

我正準備離開時，『可樂』拿著已經喝完的空瓶走了過來。

「不好意思，」他晃晃手中的空寶特瓶，「我要走了，瓶子可以幫我丟一下嗎？」

「門邊有垃圾桶，」店員回過頭，「對不起，因為空間比較小，店裡只有那一個。」

『可樂』點點頭，走出門口時，順手將空瓶丟進垃圾桶裡。

望著門口，一個念頭朦朧浮現在腦海中，像拼圖般不斷重組。

這家店只有一個垃圾桶，就是門邊的那一個。

但是每天為『特調』煮咖啡時，店員都會用抹布清理檯面。

印象中從他清理檯面到咖啡煮好，都沒有離開櫃台。

那從檯面清下來的垃圾到那去了？

像是『蠻牛』來店裡那天，把夾在耳朵上的菸屁股放在櫃台。

得花粉熱的『牛奶』拉著兒子匆忙到櫃台結帳時，說不定也把手上擤鼻子的面紙放在櫃台上。

她兒子『多多』追逐的甲蟲，被『特調』用紙打到櫃台裡。

還有隱形眼鏡不見的『可樂』，假睫毛脫落的『優格』，東西或許也掉在櫃台上。

我回過頭，『特調』已經抱著文件回到櫃台，店員細心調製的特調咖啡正等著他。

「今天的咖啡有點辣辣的……叫什麼名堂？」

「『Katla』，」店員說：「這個名字源自於冰島南部的一座火山，發明這道咖啡的咖啡師是想模仿火山的熱度，還有鮮紅色的岩漿。」

『Katla』，我眼前驀然浮現兩個顏色：紅色，和白色。或該說是粉紅色和白色。

「是嗎……」『特調』像往常一樣喝乾咖啡，把空杯朝垃圾桶一丟，「希望以後能有機會喝到你煮的咖啡。」

「我也希望如此。不過，我想我們不會再見面了。」店員鞠了個躬，為走出店的『特調』送行，「祝您今天一切順利。」

（本篇完）

後記

在犯罪推理小說歷史上，有所謂的「三大美食名作」。分別是William Irish的《指甲》，Lord Dunsany的《兩瓶調味料》，還有Stanley Ellin的《本店招牌菜》。（不過當年林白出版社的譯名《特餐》，似乎比目前為人所知的《本店招牌菜》要傳神得多。畢竟按照原著的描述，這道菜可不是隨時都有的。）

這三部作品的共同特色，在於故事情節描述的，是一般人看來再正常不過的事物或行為舉止。但是讀到最後一行，讀者腦海中才會靈光一閃，倏地浮現背後駭人的真相。

就像以前經常收到朋友分享的什麼「ＦＢＩ探員的就職考題」、「海龜湯的故事」之類的。裡面的主人翁在遇到一般人看來再正常不過的事之後，細思則恐做出莫名其妙舉動的故事一般。

這部拙作，基本上也是對這些前輩大師的致敬，希望大家還喜歡。

……另外也希望大家在「細思則恐」之後，不至於影響下一餐的胃口，謝謝。

集郵者　242

要推理105　PG2828

要有光
FIAT LUX

集郵者

作　　者　高雲章
責任編輯　喬齊安
圖文排版　黃莉珊
封面設計　陳香穎

出版策劃　要有光
發 行 人　宋政坤
法律顧問　毛國樑　律師
印製發行　秀威資訊科技股份有限公司
114台北市內湖區瑞光路76巷65號1樓
電話：+886-2-2796-3638　傳真：+886-2-2796-1377
http://www.showwe.com.tw
劃撥帳號　19563868　戶名：秀威資訊科技股份有限公司
讀者服務信箱：service@showwe.com.tw
展售門市　國家書店（松江門市）
104台北市中山區松江路209號1樓
電話：+886-2-2518-0207　傳真：+886-2-2518-0778
網路訂購　秀威網路書店：https://store.showwe.tw
國家網路書店：https://www.govbooks.com.tw
總 經 銷　聯合發行股份有限公司
231新北市新店區寶橋路235巷6弄6號4F
電話：+886-2-2917-8022　傳真：+886-2-2915-6275

出版日期　2022年10月　BOD一版
定　　價　300元

讀者回函卡

Printed in Taiwan

國家圖書館出版品預行編目

集郵者 / 高雲章著. -- 一版. -- 臺北市 : 要有光, 2022.10
面； 公分. -- (要推理 ; 105)
BOD版
ISBN 978-626-7058-59-6 (平裝)

863.57 111014694